Dans un silence

Titre original : *Until Friday Night*

34-36, rue La Pérouse
75116 – Paris
www.hugoetcie.fr

Collection dirigée par Franck Spengler
Ouvrage dirigé par Dorothy Aubert

ISBN : 9782755637762
Dépôt légal : juin 2018
Imprimé en Espagne

Abbi Glines

Dans un silence

Roman

Traduit de l'anglais (États-Unis)
par Pauline Vidal

Hugo
Poche

À Kiki Maria et sa jolie fille, Mila.
Tu as toujours dit que tu avais hâte
de partager la lecture de mes livres avec elle.
Celui-ci est pour vous deux.
Ton magnifique esprit subsiste.
N'oublie pas, Mila,
que ta mère restera toujours parmi nous.
Elle vit dans ton cœur.

CHAPITRE 1

Elle est adorable, non ?

Maggie

Je ne me sentais pas chez moi. Je ne me sentirais jamais plus chez moi nulle part. D'ailleurs, je ne voulais pas de chez moi, ces mots évoquaient de trop pénibles souvenirs.

Ma tante Coralee et mon oncle Boone me surveillaient attentivement tout en me conduisant à travers la maison. Ils voulaient que je m'y plaise – on le voyait à la lueur d'espoir dans leurs yeux. Je ne savais même plus ce que ça faisait d'espérer. Voilà longtemps que je n'espérais plus rien du tout.

– Nous t'avons attribué une chambre en haut, m'informa prudemment tante Coralee. Je te l'ai peinte en bleu guimauve. Je n'ai pas oublié que tu aimais le bleu.

C'était vrai, j'avais aimé le bleu quelques Noëls auparavant. Je m'étais même habillée tout en bleu à une époque. Ce n'était plus forcément la même chose aujourd'hui…

Je suivis mon oncle et ma tante dans l'escalier. Avec toutes ces photos de famille accrochées au mur, je détournai la tête pour ne plus regarder que droit devant moi. J'avais vu les mêmes chez nous, quand maman les exposait fièrement. Mais ce n'étaient que des mensonges. Avec ces faux sourires.

– Voilà, lança tante Coralee en ouvrant une porte au milieu du couloir.

C'était une grande chambre blanche avec des murs bleus.

Elle me plut tout de suite. Si je n'avais pas eu peur d'entendre ma propre voix, je les en aurais remerciés. Mais je me contentai de déposer mon sac à dos par terre avant de me tourner vers tante Coralee pour la serrer dans mes bras. Ça devrait suffire.

– Bon, j'espère que tu aimes ma chambre ! laissa tomber une voix grave sur le seuil.

– Brady ! lança oncle Boone.

– Quoi ? C'était gentil, non ?

Je ne me souvenais pas beaucoup de mon cousin Brady. On n'avait jamais joué ensemble dans les réunions de famille, car il préférait s'éclipser en compagnie d'un de ses potes qu'il avait amené avec lui.

Et là, il restait adossé au chambranle, ses cheveux bruns lui tombant dans les yeux, un sourire ironique aux lèvres. Il n'avait pas l'air content. Mon Dieu, on m'avait donc donné sa chambre ? Ça ne s'annonçait pas bien, je ne pouvais pas accepter.

– Brady n'est qu'un sale gosse, expliqua vivement tante Coralee. Il est enchanté de pouvoir s'installer dans la mansarde. Il nous a cassé les pieds pendant deux ans pour qu'on lui aménage son espace privé.

Une large main se posa sur mon épaule tandis qu'oncle Boone se mettait à côté de moi.

– Mon fils, tu n'as pas oublié Maggie, dit-il d'un ton péremptoire.

Brady me dévisageait. Son expression, d'abord irritée, s'adoucit soudain, comme pour marquer une certaine inquiétude.

– Non, je me souviens.

– Bien, continua oncle Boone. Tu vas devoir lui faire visiter le lycée lundi. Vous êtes de la même année et nous nous sommes assurés que vous partageriez quelques cours afin que tu puisses l'aider.

J'avais l'impression que Brady savait déjà tout ça depuis longtemps. L'information me visait plutôt moi.

– T'as pas idée, marmonna-t-il en s'en allant.

– Désolée, dit tante Coralee. Il est devenu plutôt hargneux, et nous ne savons plus toujours quoi faire.

Même si je parlais, je ne saurais quoi répondre à ça.

Elle me serra le bras.

– Nous allons te laisser t'installer. Défais tes affaires et repose-toi. Si tu veux voir quelqu'un, je serai dans la cuisine, à préparer le dîner. Tu peux aller partout dans cette maison. Fais comme chez toi.

Encore ces mots : *chez toi.*

Ma tante et mon oncle me laissèrent seule, enfin. Et là, au milieu de cette jolie chambre bleue, je me rendis compte, à ma grande surprise, que je me sentais déjà tranquille. J'aurais pourtant cru que toute notion de sécurité m'avait abandonnée depuis longtemps.

– Alors, c'est vrai que tu ne parles pas ?

La voix de Brady emplit la pièce et je fis volte-face pour apercevoir mon cousin de retour sur le seuil.

Je n'avais aucune envie qu'il ne m'aime pas ou qu'il s'énerve de me voir là, mais comment le convaincre que je n'allais pas le déranger ni changer sa vie ?

– Merde, ça va pas être facile. Tu es…

Marquant une pause, il partit d'un rire inattendu.

– Ça sera encore pire que je croyais. Tu aurais pu au moins la jouer désagréable pour me faciliter la tâche.

Pardon ?

– Et n'attire pas l'attention sur toi. Maman a enfin la fille dont elle a toujours rêvé, mais moi, ça m'arrange pas. J'ai ma vie, moi, figure-toi.

Je me contentai de hocher la tête. Je me doutais bien qu'il vivait sa vie. Grand, les cheveux bruns, les yeux noisette, il avait de larges épaules dont on devinait les muscles sous son T-shirt. Les filles devaient le trouver à leur goût.

Je n'avais aucune intention de me mêler de ses affaires, mais je voyais à quel point mon installation dans sa maison, dans sa chambre, pouvait donner l'impression contraire. Et voilà que ses parents m'inscrivaient aux mêmes cours que lui.

Je devais lui prouver qu'il n'avait rien à craindre. Reprenant mon sac à dos, j'en sortis le carnet et le stylo que je gardais toujours sur moi.

– Qu'est-ce que tu fais ? demanda-t-il, visiblement déconcerté.

J'écrivis en hâte :

Promis, je ne te dérangerai pas. Pas besoin de m'aider au lycée. Tu n'as qu'à le laisser croire à tes parents, je ne dirai pas le contraire. Désolée d'avoir pris ta chambre. On peut échanger si tu veux.

Je tendis le carnet à Brady qui le lut et me le rendit en soupirant.

– Tu peux garder ma chambre. Maman a raison. J'aime bien la mansarde. J'étais con. Tu crois que tu n'auras pas besoin de moi au bahut, mais c'est faux. On n'y peut rien.

Là-dessus, il s'en alla.

Je le suivis des yeux alors qu'il descendait vers la cuisine. Je m'apprêtai à fermer la porte quand j'entendis sa voix.

– Qu'est-ce qu'il y a pour le dîner ?

– Poulet spaghettis, répondit tante Coralee. Je me suis dit que Maggie serait contente, puisque c'est ton plat préféré.

Puis elle ajouta plus bas :

– Je voudrais que tu essaies de faire sa connaissance.

– Je viens de lui parler. Elle, euh… m'a écrit.

– Alors ? Elle est adorable, non ?

Tante Coralee paraissait si sincère !

– Oui, Maman. Vraiment adorable.

Il ne n'avait pas l'air vraiment convaincu.

CHAPITRE 2

Je t'ai demandé de filer

West

J'allais m'enivrer. C'était mon objectif de la soirée.

Claquant la portière de mon pick-up, je me dirigeai vers le champ d'où j'entendais déjà monter la musique et aperçus la lumière des feux de bois. Dernier vendredi de liberté avant de se consacrer au football durant les trois prochains mois. Tout le monde allait faire la fête, les couples s'envoyer en l'air à l'arrière des camionnettes, la bière couler à flots, et il y aurait au moins une bagarre à propos d'une fille. C'était la fin de l'été, le début de la terminale.

Mais j'allais avoir besoin d'une à six bières pour arroser ça. Le spectacle de mon père crachant du sang alors que ma mère lui essuyait le front avec un regard angoissé, c'était insupportable. J'aurais dû rester à la maison, mais je ne pouvais m'y résoudre. Chaque fois qu'il avait des nausées, le petit garçon en moi reprenait le dessus, et je détestais ça.

J'aimais mon père. Depuis toujours, c'était mon héros. Comment supporter l'idée de le perdre ?

Mon téléphone se mit à vibrer et je le sortis de ma poche. Chaque fois qu'il sonnait et que je me trouvais en dehors de la maison, j'étais pris de terreur et de nausée. Je fus donc soulagé de déchiffrer le nom de Raleigh, ma copine. Ce n'était pas maman. Rien de grave, donc. Papa était tranquille à la maison.

– Bonsoir, dis-je, surpris qu'elle m'appelle.

Elle savait que je me rendais à cette soirée.

– Tu viens me chercher ? demanda-t-elle d'un ton agacé.

– Tu ne me l'avais pas demandé. Je suis déjà arrivé.

– Tu rigoles ? Je n'y vais pas si tu ne m'y emmènes pas, West !

Elle était furieuse. Mais j'avais l'habitude.

– Dans ce cas, on se verra plus tard. Pas envie de jouer à ça ce soir, Ray.

Elle n'était pas au courant pour mon père. Il ne voulait pas que les gens sachent qu'il était malade. Alors, on la fermait et, comme l'hôpital local ne pouvait pas traiter un cancer du côlon à un stade avancé, on l'avait emmené à une heure de là, à Nashville. D'habitude, on ne pouvait garder le secret sur ce genre de truc dans une si petite ville, cependant ça marchait à peu près pour nous. Entre autres parce que maman n'avait pas beaucoup d'amis à Lawton.

Enfant, je ne comprenais pas pourquoi, mais maintenant je savais. Mon père avait été le jeune prodige de son lycée. Il avait fait la gloire de Lawton après avoir joué au football à l'université d'Alabama, puis fait partie de l'équipe des Saints, à La Nouvelle-Orléans.

Ma mère était une véritable princesse – sa famille possédait à peu près la totalité de la Louisiane –, et mon père était tombé amoureux d'elle.

Mais, juste après s'être cassé le genou, brisant ainsi sa carrière chez les Saints, il apprenait qu'il avait mis sa petite amie enceinte. Si bien qu'il l'épousa, au grand dam de sa belle-famille, et l'amena vivre en Alabama. Notre petite ville considéra la chose ainsi : il avait été leur champion, et cette femme le lui volait. Dix-sept années plus tard, elle était encore considérée comme une intruse. Cependant, maman ne paraissait pas y attacher d'importance. Elle aimait mon père. Lui et moi, nous formions tout son univers. C'était tout ce qui lui importait.

– Tu m'écoutes ? couina la voix de Raleigh dans le téléphone, m'arrachant à mes pensées.

On formait un couple spécial. Elle aimait s'accrocher à mon bras et j'aimais son joli corps. Il n'y avait ni amour ni confiance entre nous. On sortait ensemble depuis plus d'un an et je n'avais pas trop de mal à la tenir à distance. Là, c'était tout ce que je pouvais faire.

– Écoute, Ray, j'ai mal au crâne. Il faut que je fasse une pause. On fait une pause et on en reparle la semaine prochaine, d'accord ?

Sans attendre sa réponse, je raccrochai. Je savais déjà qu'elle allait crier et menacer d'aller coucher avec un de mes amis. J'y avais déjà eu droit.

Ça m'était égal.

Je repartis à travers la prairie, entre les arbres, vers le terrain où se donnaient toutes les soirées. Il appartenait au grand-père de Ryker et Nash Lee, deux cousins qui jouaient dans l'équipe, et se trouvait à la périphérie de la ville, à plus d'un kilomètre de sa maison. On pouvait donc y faire le bruit qu'on voulait sans s'inquiéter de la présence de voisins indiscrets.

Je repérai vite Brady Higgens, mon meilleur ami depuis l'école primaire. On jouait déjà ensemble quand on était passés par la Pop Warner, la plus célèbre des écoles de football américain. C'était le meilleur quarterback de l'État, et il le savait.

Il leva son verre en me voyant arriver. Assis sur le plateau de son pick-up, il avait apporté un groupe électrogène pour qu'on puisse passer de la musique. Ivy Hollis s'était installée entre ses jambes. Rien d'étonnant. On les avait souvent vus ensemble cet été. Ivy était en terminale et déterminée à devenir sa copine officielle depuis que la précédente était partie pour l'université, à l'autre bout du pays.

– Tu en as mis un temps ! observa Brady avec un sourire moqueur, en me lançant une cannette.

Il ne buvait pas souvent ; il n'avait rien contre, mais il voulait jouer à l'université d'Alabama l'année prochaine. Ça m'avait aussi tenté, à une époque. Maintenant, je vivais plutôt au jour le jour, en priant Dieu que mon père ne nous quitte pas.

La bière m'était devenue indispensable dans ce genre de soirée. Avec cette anxiété qui régnait à la maison, j'en avais besoin pour m'engourdir l'esprit.

Brady semblait se douter de quelque chose et il attendait que je lui en parle. Parmi toutes les femmes de la ville, sa mère était la seule qui se soit jamais montrée gentille avec la mienne. Elle nous avait invités à dîner plusieurs fois, nous apportait pendant les fêtes son fameux gâteau à la crème et s'arrêtait toujours pour bavarder pendant les matchs. Je me demandais si maman s'était jamais confiée à Coralee.

– Où est Raleigh ? demanda Ivy.

Je ne répondis pas. Ce n'était pas parce qu'elle était avec Brady que je devais la laisser fourrer son nez partout. Je portai mon attention vers Gunner Lawton. Ouais, il portait le même nom que la ville fondée par son arrière-arrière-arrière-grand-père. Tout leur appartenait. Mais c'était un sacré ailier, ceci compensant cela.

– Seul ce soir, toi aussi ? lui demandai-je en me posant sur une botte de foin près du pick-up.

Il se mit à rire.

– Tu me connais mieux que ça ! Je cherche juste qui je vais choisir.

Il n'avait effectivement qu'à claquer des doigts pour que les filles s'amènent en courant. Bon, c'était un mec odieux, mais quand on était riche comme Crésus dans une petite ville et, qui plus est, une des stars de l'équipe de football du lycée, on pouvait se croire tout permis. Sans compter que les filles le trouvaient très beau.

– Si on parlait football ? lança Ryker Lee en venant se joindre à notre petit groupe.

– Je préférerais que tu me dises pourquoi tu t'es rasé les cheveux, railla Brady.

L'année dernière, Ryker avait annoncé qu'il se laissait pousser les cheveux pour se faire des dreads. Ça m'avait donc surpris de le voir les couper très court dès le premier jour d'entraînement. Comme il était parti en famille rendre visite à sa grand-mère en Géorgie, on ne l'avait plus vu depuis les dernières semaines de l'été.

– J'en ai eu marre. Je porterai des dreads quand je passerai pro. Pour le moment, pas besoin de ça.

Je crus qu'il allait dire autre chose, mais il se leva et se mit à examiner le terrain d'un air imbécile.

– C'est vrai, marmonna-t-il, merde au football. Je préférerais parler de cette petite.

Suivant son regard, j'aperçus un visage inconnu. La fille se tenait un peu en dehors du terrain, plutôt sous les arbres. Ses longs cheveux brun foncé lui tombaient en vagues souples sur les épaules et ses magnifiques yeux verts regardaient dans notre direction. Mais, déjà, mon attention se portait un peu plus bas, sur une bouche parfaite sans rouge à lèvres.

– Pas touche, le prévint Brady.

J'eus envie de me tourner vers lui pour demander en quel honneur il revendiquait cette nana quand il en avait déjà une coincée entre les jambes. En même temps, je ne pouvais m'empêcher de la regarder. Elle paraissait perdue. Je me sentais prêt à l'aider.

– Pourquoi, mec ? répliqua Ryker. Elle est chaude comme la braise et elle a sûrement besoin de moi.

– C'est ma cousine, connard !

Sa cousine ? Depuis quand Brady avait-il une cousine ?

Cette fois, je me détachai de la fille pour regarder mon meilleur copain.

– Tu as une cousine, toi ?

Il leva les yeux au ciel.

– Tu la connais. Il y a quelques années, tu l'as vue à un des Noëls de la famille, dans le Tennessee. Maintenant, elle vit chez nous. Alors laisse-la, tu veux ? Elle est pas… elle a des problèmes. Et tu pourras rien pour elle.

Se tournant vers Ryker, il ajouta :

– Ni toi.

– Je sais résoudre les problèmes, rétorqua celui-ci avec un large sourire.

Je n'allais pas dire la même chose. J'avais mes propres problèmes et, surtout, besoin d'évasion. D'autant que les siens ne pouvaient être pires que les miens.

– Elle ne parle pas, continua Brady. Elle n'y arrive pas. Je l'ai amenée ce soir juste parce que ma mère m'y a forcé. Je lui ai dit qu'elle pouvait rester avec moi, mais elle a refusé. Elle est complètement cinglée.

Je me retournai, mais elle était partie. Ainsi, Brady avait une cousine ravissante mais folle et muette. Bizarre.

– Dommage, marmonna Gunner. Pour une fois qu'on rencontre une nouvelle fille à peu près présentable, c'est ta cousine et elle est muette.

Là-dessus, il vida sa cannette.

Brady n'apprécia pas le commentaire. Je le vis à son expression.

Pourtant, Gunner avait raison. On ne voyait toujours que les mêmes filles dans cette ville, depuis l'école primaire. Elles étaient barbantes, superficielles, et j'avais couché avec les plus jolies.

Aucune ne m'avait marqué ; en fait, elles étaient toutes plus emmerdantes les unes que les autres.

Gunner se leva.

– Je vais chercher une autre bière.

Il nous servait de garantie. Si on se faisait prendre pour avoir trop bu, son père avait le bras assez long avec la police pour nous faire relâcher. D'ailleurs, je me demandais s'ils étaient déjà au courant pour cette soirée et si c'était pour ça qu'ils ne passaient jamais par là.

Mon téléphone se remit à sonner et mon cœur se serra automatiquement. Je le sortis en hâte de ma poche, vis le nom de maman sur l'écran. Merde.

Sans la moindre explication pour les autres, je posai ma bière et m'éloignai avant de répondre.

– Maman ? Tout va bien ?

– Oh oui ! Je voulais juste te prévenir que j'avais laissé du poulet au chaud dans le four. Et si tu pouvais passer au Walmart pour acheter du lait en rentrant, ce serait gentil.

Je pus expirer. Papa allait bien.

– Bien sûr, Maman. Je prendrai le lait.

– Tu comptes rentrer tard ?

Je perçus une certaine inquiétude dans sa voix. Elle ne m'avait pas tout dit. Papa devait vomir ou souffrir.

– Je… non, euh… Je vais bientôt rentrer.

Elle poussa un soupir.

– Bon. Et fais attention en conduisant. N'oublie pas de mettre ta ceinture. Je t'aime.

– Moi aussi, Maman.

Je coupai et commençai à regagner mon pick-up ; j'avais déjà décidé de rentrer avant qu'elle ne m'en parle. Tout allait de plus en plus mal. Papa n'arrivait pour ainsi dire plus à sortir de son lit. Ces enfoirés de médecins ne pouvaient rien pour lui.

Mon cœur se serra, j'avais trop de mal à respirer. Ça m'arrivait souvent, ces derniers temps, comme si mes craintes me saisissaient à la gorge et serraient à m'en couper le souffle.

Une sourde colère m'envahit. C'était trop injuste ! Mon père était un homme bien. Il ne méritait pas ça. Et ma douce maman avait besoin de lui ! Elle non plus ne méritait pas ça.

– Fais chier ! criai-je en plaquant les mains sur le capot.

Ça nous anéantissait tous les trois, et je ne pouvais le dire à personne. Pas besoin de me taper la pitié de gens qui ne se rendaient pas compte de ce qu'on éprouvait.

Un mouvement sur la gauche capta mon attention et je tournai vivement la tête pour voir qui avait assisté à la scène.

D'abord, je repérai une robe bain de soleil, puis ce corps aux belles courbes qui la mettaient tellement en valeur.

Cette nana avait trop de chance de ne pas pouvoir parler. Comme ça, pas besoin de raconter des histoires ni de dire toujours la vérité ou de se conduire d'une façon ou d'une autre.

Elle pencha la tête de côté comme si elle m'observait, cherchant à savoir si j'étais dangereux ou si j'avais besoin d'aide. Ces magnifiques cheveux, ces lèvres pulpeuses ne pourraient en effet que m'aider. À oublier, un certain temps. Oublier le bordel qu'était devenue ma vie.

Sautant de mon pick-up, je me rendis dans sa direction. Je m'attendais presque à la voir s'enfuir. Mais non.

Je respirai un grand coup. Quelque part, ma gorge s'était détendue.

– Tu aimes ce que tu vois ? lui lançai-je en espérant la faire détaler à toutes jambes.

Elle ne méritait pas ça ; c'était injuste de compter sur elle pour apaiser ma douleur. Et je m'en voulais de ne pouvoir contrôler mes émotions. Elles restaient trop à fleur de peau. Comme n'importe qui d'autre sur mon chemin, il fallait que je la repousse, pour son bien.

Elle ne réagit pas, pourtant une lueur brillait dans ses yeux. Elle n'était pas complètement barrée, comme le prétendait Brady – c'était le genre de chose qu'on pouvait déterminer dans le regard de quelqu'un. Et le sien était presque trop intense. Trop intelligent.

– Tu vas rester là à me dévisager, comme si tu voulais juste goûter sans parler ? Plutôt mal élevé.

Ma propre méchanceté me fit frémir. Maman aurait honte de moi. Pourtant, cette fille ne fit que cligner des paupières. Elle ne recula pas, n'émit pas un son. Brady nous avait au moins dit la vérité sur un point : elle ne parlait pas.

Pourtant, elle laissait bien entendre que je ne l'intéressais pas. Et je n'en avais pas trop l'habitude. Des filles qui ne voulaient pas qu'on les embrasse…

Je m'arrêtai devant elle, lui pris le visage dans une main. Ouf, ce visage ! Il fallait que je la touche pour voir si elle était bien réelle. Cette perfection me semblait presque impossible. Tout le monde avait des défauts physiques. Je voulais trouver les siens.

Du pouce, je lui caressai la lèvre inférieure. Elle n'avait effectivement pas besoin de rouge avec cette bouche d'un joli rose.

– Il serait temps que tu files, dis-je pour la prévenir.

Alors que c'était moi qui aurais dû m'en aller.

Elle ne bougea pas, ne me quitta pas des yeux. L'audace. Sans broncher. La seule chose qui la trahissait restait ce battement dans son cou. Elle était anxieuse, mais soit trop effrayée soit trop curieuse pour détaler.

Je me rapprochai encore, jusqu'à me serrer contre elle, la plaquer contre l'arbre derrière elle.

– Je t'ai demandé de filer, ma belle.

Sans en dire davantage, je posai ma bouche sur la sienne.

CHAPITRE 3

T'inquiète, ma belle

Maggie

Je tenais à ne surtout pas gêner Brady. Vendredi soir, tante Coralee l'avait obligé à m'emmener à cette fête et j'en profitai pour lui prouver que je ne le dérangerais pas. Je restai donc à peu près constamment assise seule dans l'ombre, loin des autres. Toutes les demi-heures, j'allais vérifier si Brady était toujours là, ou s'il me cherchait, puis je retournais vers ma cachette.

J'espérais juste qu'il n'en serait pas ainsi chaque week-end. Je n'avais aucune envie de vivre ça chaque fois que Brady se rendrait à une soirée. Je préférais rester lire dans ma chambre plutôt que de traîner seule sur un parking plongé dans l'obscurité. Bien qu'il s'y soit produit un événement propre à rendre les choses plutôt moins… ennuyeuses.

En repensant aux événements près de cet arbre, je me sentis encore piquer un fard. Je venais d'y recevoir mon premier vrai baiser, d'un type que je ne connaissais même pas. Il était très grand, les cheveux noirs et bouclés. Quant à son visage… à croire que Dieu avait choisi les traits masculins les plus beaux et les avait assemblés rien que pour lui.

Ce n'était pourtant pas ce qui m'avait fait rester sur place alors qu'il me disait de partir. C'étaient ses yeux. Même dans l'obscurité, j'y lisais une gravité comme je n'en avais jamais vu ailleurs, si ce n'était en moi.

Au début, il téléphonait à sa mère, il lui avait dit qu'il l'aimait. Puis il avait raccroché et poussé un juron en tapant sur son pick-up. C'était forcément un mec gentil pour parler ainsi avec sa maman. Il ne me faisait pas peur.

Mais je m'inquiétais pour lui, alors j'étais restée, bien qu'il m'ait dit de partir. Ensuite, il m'avait embrassée. Il s'était d'abord montré brutal, comme s'il voulait me blesser, et puis il s'était adouci, au point que je finis par m'agripper à son T-shirt. Les genoux flageolants, je ne savais plus si j'avais vraiment gémi ou si tout ça se passait dans ma tête. Étant donné sa brusquerie en me quittant, j'espérais bien n'avoir émis aucun son. Et je regrettais de m'être blottie contre lui.

Car ça s'était terminé aussi vite, aussi soudainement que ça avait commencé. Il s'était écarté de moi sans dire un mot, sans me regarder, avait regagné son pick-up et démarré. J'ignorais qui c'était, je savais juste que je le trouvais beau et qu'il m'avait donné un premier baiser digne de ce nom.

Deux heures plus tard, quand Brady eut enfin décidé de s'en aller, il m'avait trouvée assoupie par terre, sous mon arbre. Ça l'avait embêté, alors il ne m'avait rien dit durant tout le trajet du retour. Si bien que ce baiser était passé au second plan : je voulais d'abord trouver un moyen pour que mon cousin ne me haïsse pas.

Le dimanche, alors que Brady devait se rendre à la piscine chez un ami, tante Coralee avait suggéré que je me joigne à lui. Alors, je m'étais empressée de lui écrire un message disant que mes règles venaient de commencer et que je ne tenais pas à me baigner. Ainsi, j'avais pu rester à la maison.

Brady finit par s'absenter régulièrement toute la journée. Il devait redouter que je lui colle dans les pattes chaque fois qu'il rentrerait.

Lors de mon premier jour au lycée, Coralee avait donné à Brady une liste de choses à faire me concernant. J'en fus navrée pour lui. On lisait clairement l'agacement sur son visage. Alors, dès qu'on fut dehors, je lui tendis un message :

Je m'en occupe. Fais comme d'habitude, je trouverai la classe toute seule. Ce n'est pas parce que je ne parle pas que je ne sais pas me débrouiller. Je vais dire à tante Coralee que tu as fait tout ce qu'elle t'a demandé. Mais pas besoin de me trimballer partout. Je saurai m'orienter.

Il ne paraissait qu'à moitié convaincu, pourtant, il acquiesça de la tête et s'en alla, me laissant devant l'entrée du bâtiment.

Heureusement, tante Coralee avait averti le secrétariat que je ne parlais pas. On me laissa écrire tout ce que j'avais besoin de dire. On me donna mon emploi du temps, on me demanda aussi où se trouvait Brady. Il semblait que tante Coralee leur ait également dit qu'il me servirait de guide. Je mentis en écrivant qu'il était aux toilettes et qu'on devait se retrouver dans le hall d'entrée.

Une petite part de moi – d'accord, une grande part – espérait y retrouver le garçon de la soirée. Je voulais le voir à la lumière, vérifier que je ne m'étais pas trompée, en espérant qu'il voudrait bien me voir lui aussi.

Une fois que je sus où était mon casier, je partis à sa recherche. Tout se présentait bien, même si ce fut une autre histoire de le trouver. Avec tous ces élèves dans le couloir, la plupart plongés dans leurs casiers ou devant leurs casiers ou sortant de leurs casiers, je ne déchiffrai pas les numéros. Impossible ou presque de trouver le 654.

– Ça va ? lança la voix de Brady derrière moi.

Je fis oui de la tête, sans trop vouloir lui dire que non et que je risquais d'arriver en retard au cours.

– Où est ton casier ? demanda-t-il.

Je cherchai comment répondre à cette question et finis par lui tendre mon papier avec le numéro.

– Tu es déjà passée devant, répondit-il en m'indiquant le fond du couloir. Viens, je vais te montrer.

Je n'avais pas le temps de rédiger une réponse, alors je le suivis. De toute façon, il allait m'aider et reconnaître que j'en avais besoin.

Contrairement à moi, qui avais dû me frayer un chemin à travers une foule compacte, une allée s'ouvrit automatiquement devant Brady. Tel Moïse devant la mer Rouge.

– Prenez une chambre ! lança-t-il à un couple en train de se tripoter. Que Maggie puisse atteindre son casier.

– C'est qui, Maggie ? demanda la fille.

Elle posa sur moi ses grands yeux marron que semblaient encore souligner ses longs cheveux noirs.

– Ma cousine, répondit Brady l'air excédé.

– Tu as une cousine ?

Elle paraissait tellement surprise que son mec dut déplacer les mains de ses fesses à ses hanches pour l'obliger à se retourner vers lui. Je n'avais pas eu le temps de voir le visage du mec en question que Brady reculait d'un pas et m'ouvrait mon casier.

– Voilà. Je suis dans le coin si tu as encore besoin de moi.

Là-dessus, il s'éloigna.

Je n'échangeai pas un regard avec le couple près de moi. La fille pouffa tandis qu'il lui murmurait des choses à l'oreille – je captai bien le mot *muette*. Apparemment, Brady avait informé les populations. Au moins, ça m'éviterait de voir quelqu'un essayer encore de m'adresser la parole.

– Elle ne parle pas ? souffla la fille assez fort pour que je l'entende.

En hâte, je rangeai mes affaires dans mon casier avant de le fermer, emportant avec moi mon livre de cours et un carnet. Je baissai la tête en repassant devant le mec et la fille, juste pour apercevoir deux mains cramponnées sur des fesses. Il allait sans doute falloir que je m'habitue à ce genre de scène.

Alors que je remontais le couloir, quelqu'un me heurta brutalement, me renvoyant dans le couple derrière moi. Génial.

– Merde, pardon ! lança une voix de garçon. Ça va ?

Levant la tête vers le type qui m'avait fait trébucher, je me perdis dans le regard le plus clair que j'aie jamais vu, au milieu d'un visage café au lait. Si l'ensemble avait quelque chose de stupéfiant, il ne correspondait malheureusement pas à mon mystérieux garçon.

– Fais gaffe ! lança la fille en me repoussant.

Mon carnet et mon livre tombèrent par terre. Moi qui n'aimais pas attirer l'attention, c'était gagné.

– Bordel, Raleigh, attends ! lança le garçon en se penchant pour ramasser mes affaires. C'est moi qui l'ai bousculée.

Fascinée, je ne voyais que ses muscles saillir sous sa chemise à manches courtes.

Raleigh éclata d'un rire qui avait tout d'un gloussement.

– Elle est muette, Nash ! Et c'est la cousine de Brady. Alors, arrête de jouer les preux chevaliers. C'est perdu d'avance.

Derrière moi retentit une autre voix :

– Et toi, arrête de jouer les poufs, ma puce.

Cette voix… Je me figeai. Je connaissais cette voix. Non… ce n'était pas possible.

– Brady a une cousine ? demanda Nash en se redressant et en me tendant mes livres.

J'avais peur de me retourner. Et si je me trompais ? Ce type qui flirtait à côté de moi ne pouvait décemment être celui qui m'avait embrassée vendredi soir. Le type qui m'avait embrassée était gentil avec sa mère. Un garçon aussi gentil pouvait-il embrasser une autre fille alors qu'il avait déjà une copine ? Était-il vraiment gentil ? Je m'en étais convaincue durant le week-end chaque fois que je me rejouais notre baiser.

Essayant de prendre un air indifférent, je récupérai mes livres, les plaquai contre ma poitrine.

– Eh oui. Surprise, surprise.

Encore cette voix. C'était bien lui. Oh non… c'était tellement lui !

Je baissai les yeux pour ne plus avoir à regarder personne. Je sentais bien que j'avais les joues rouges. À présent, je ne songeais plus qu'à m'isoler pour pouvoir digérer la nouvelle.

Et mon mec mystère de poursuivre :

– Elle vaut le coup d'œil, mais Brady a dit pas touche. Alors, Ray a raison. Laisse tomber. Fais comme moi.

Pourtant, lui ne s'était pas tenu à l'écart. Savait-il à l'époque que Brady avait interdit de m'approcher ? Était-ce pour ça qu'il se conduisait à présent comme s'il ne me connaissait pas ? Quel abruti ! Et moi qui l'avais laissé faire. Qu'est-ce qui m'avait pris ? D'habitude, je ne cédais pas au premier beau gosse venu. Mon père aussi était bel homme, et pas une fois ma mère n'avait pu lui faire confiance. Je n'allais pas me laisser avoir. Jamais plus je ne commettrais cette erreur.

– Ça veut dire quoi, « fais comme moi » ? demanda Raleigh en repoussant le mec.

Je m'écartai de son chemin.

– Elle vaut le coup d'œil, comme je t'ai dit, répéta-t-il.

Il se montrait cruel envers elle et se servait de moi pour ça. Je détestais la cruauté, et toute forme de méchanceté. La colère monta en moi. Dans ces moments-là, j'avais envie de parler. Non, de crier ! Mais je n'y arrivais pas.

Je sentis mon visage brûler de dégoût, de fureur et de déception. Je regrettais que Brady ne m'ait pas attendue. Je ne savais plus quelle direction prendre et ne voyais pas comment sortir mon plan du lycée au milieu de ces gens. Je tremblais. Je regardai autour de moi, cherchant par où m'enfuir.

– Elle est muette ! cria la fille en grondant de fureur. Je ne sais pas pourquoi je reste avec toi. Je pourrais avoir qui je veux, West. Tu m'entends ?

West. Il s'appelait donc West. Une fille devait au moins connaître le prénom du garçon qui lui avait donné son premier baiser, pourtant, je le regrettais. J'avais envie d'effacer ce visage et cette soirée de ma mémoire.

– Tu ne pourrais pas m'avoir moi, rétorqua Nash. Je ne fréquente pas les dingues.

Comme je levais la tête vers lui, il m'adressa un clin d'œil. Amical. Je n'avais rien vu de tout ça dans le regard de West.

Celui-ci riait à la réplique de Nash, mais la fille cracha :

– Qui t'a dit que je voudrais de toi ? Mon père ne me laisse fréquenter que les Blancs.

Je me raidis. Elle avait vraiment dit ça ? Nash était d'une belle couleur dorée.

– Hou là, la honte ! commenta-t-il, visiblement amusé. Je suppose que ton papa n'a jamais pardonné à sa petite amie blanche d'avoir épousé un Noir. Mais ça remonte à longtemps, Raleigh. Il devrait passer à autre chose. Comme ma mère.

Bon, voilà, voilà… Les bons clichés d'une petite ville.

Nash se retourna vers moi :

– Tu veux qu'on t'aide à trouver ton prochain cours ?

Mais Raleigh n'en avait pas fini.

– Tu vas le laisser me parler comme ça ? demanda-t-elle à West.

– C'est toi qui as commencé.

– J'en ai marre ! hurla-t-elle en tournant les talons.

Tout ce que je voulais, c'était trouver ma classe. Je sortis le plan plié dans ma poche, l'ouvris en essayant d'oublier combien mes mains tremblaient. Il fallait que je m'en aille immédiatement. Loin de West.

– Quel est ton premier cours ? me demanda Nash.

– Elle ne parle pas, intervint West derrière moi. Là-dessus, Raleigh a dit la vérité.

Je n'avais aucune envie de les regarder ni l'un ni l'autre, pourtant je ne pus m'en empêcher. Il fallait que je sache, pour West. La voix était bien la même, mais je voulais voir son visage. Au fond, je conservais le mince espoir que le garçon qui m'avait embrassée valait mieux que celui qui se tenait derrière moi.

Malheureusement, en pleine lumière, il m'apparut plus parfait que jamais. Je préférai me plonger dans mon plan avant qu'il ne s'aperçoive que je le regardais. Je le détestais. Lui et tous ceux qui traitaient les gens comme si leurs sentiments ne comptaient pas.

– C'est de naissance ? me demanda Nash.

Il ne pouvait pas me lâcher ? Il était gentil, mais je n'avais aucune intention de lui répondre.

Soudain, West se planta en face de moi, l'air excédé. Il semblait se moquer que sa petite amie vienne de le plaquer. Il fallait totalement manquer de cœur pour réagir ainsi.

Ses yeux bleu foncé se posèrent sur moi, bordés de longs cils noirs. Ils n'étaient pas aussi magnifiques que ceux de Nash – personne ne devait le dépasser sur ce plan –, mais j'y découvris un peu plus que ce que j'avais vu vendredi soir. Chagrin, peur, indifférence. Encore une fois, ce que je voyais dans mes propres yeux quand je me regardais dans la glace.

– Merde, elle est plus jolie de près, lâcha West en penchant la tête de côté. Dommage qu'elle ne puisse pas parler.

Il me considérait comme s'il n'avait jamais pris mon visage entre ses larges paumes. J'en eus le cœur retourné. Je connaissais la démence et la cruauté. J'y avais eu droit. Et ça me faisait peur. Si je n'avais pas décelé aussi son chagrin et sa peur, je l'aurais giflé. Mais j'avais surtout envie de m'éloigner de ce sale mec un peu tordu. Si, pour assumer ma douleur, j'avais choisi de ne plus parler, lui avait choisi de blesser les autres.

– Elle est muette, tête de nœud ! railla Nash. Pas sourde.

Un sourire en coin tordit les lèvres de West, sans toutefois atteindre ses yeux. Ses amis ne s'en rendaient donc pas compte ? Ils ne voyaient pas que ce mec cachait une douleur qui le rendait si infect ?

– T'inquiète, ma belle, je suis un con, dit-il, l'air de s'excuser.

S'excuser de quoi, d'ailleurs ? De m'avoir embrassée ? Ou d'avoir trahi sa petite amie ? Ou de prouver à chacune de ses paroles à quel point c'était un débile sans cœur ?

Mais le mal était fait. Ce genre de chose ne se réparait pas d'un claquement de doigts, j'en savais quelque chose. Encore qu'on ne naissait pas cruel. On le devenait. C'était ce que disait une de mes conseillères quand elle voulait parler de mon père.

La tête haute, je m'écartai ostensiblement de lui. Le regard noir que je lui jetai dut en dire davantage qu'aucune parole. Apparemment, il capta le message, car il se détourna et s'éloigna.

Je le suivis des yeux en me demandant si quelqu'un savait seulement pourquoi il se conduisait ainsi. Quelqu'un qui connaîtrait la vérité cachée sous cette cruauté. Pas sa copine en tout cas, sinon elle ne l'aurait pas planté là. Il se comportait avec une assurance si impressionnante que personne ne devait chercher plus loin.

J'avais beau le trouver détestable, je l'avais aussi entendu parler à sa mère. Lui dire qu'il l'aimait. D'une voix brisée.

– Oublie-le, me prévint Nash. West est mauvais. Il fait partie de mes meilleurs amis, mais c'est de l'arsenic pour les filles comme toi. Rien ne l'intéresse plus que lui-même.

Que Nash se rassure, je n'avais pas l'intention de suivre West où que ce soit. On avait été proches une fois et il ne semblait pas s'en souvenir. Il n'avait pas dû penser tout le week-end à notre baiser, comme moi.

Pourtant, il fallait sauver West. Que quelqu'un s'approche de lui, le touche. Nul n'avait été capable de sauver mon père, et l'horreur l'avait suivi dans son autodestruction. West avait désespérément besoin d'aide. Je le savais. Je savais aussi que ce n'était pas moi qui pourrais le sauver. J'avais mes propres démons à combattre.

CHAPITRE 4

Je t'aime, Maman

West

– Où est Brady ? demanda Nash en s'asseyant à notre table dans la cafète.

– Pas vu, répondis-je. Sans doute avec sa jolie cousine.

J'essayais de me comporter comme si je ne l'avais pas prise dans mes bras, alors que le souvenir de son baiser me rendait fou. J'avais passé la nuit à essayer d'imaginer ce qu'elle avait pu ressentir. Ses mains sur mon torse, son corps serré contre le mien. Durant ce court instant, j'avais pu oublier, sans plus penser à ma vie ni à ce qui m'attendait chaque fois que je rentrais à la maison.

Mais elle avait émis un gémissement comme pour m'arracher à mon délire. Cette fille ne pouvait pas parler, et moi je la pressais contre un arbre, prenant ce dont j'avais besoin. Quel salaud je faisais ! Elle ne méritait pas ça.

Il fallait que je me détache d'elle pour la laisser partir et m'en aller à mon tour. En la quittant, je n'avais pas pu la regarder. Un seul coup d'œil sur ces lèvres veloutées, et j'aurais remis ça sur-le-champ. Elle n'était pas seulement belle, elle faisait du bien.

Sans compter que si Brady découvrait que j'avais embrassé sa cousine, ça se terminerait par la baston du siècle. Je le méritais, bien sûr. Elle était trop délicieuse pour moi.

– C'est vrai qu'elle ne peut pas parler, dit Asa Griffith, l'autre attaquant de l'équipe. J'étais à un cours avec elle. Une fille aussi jolie qui ne peut pas râler, c'est le rêve !

Nash sursauta.

– Arrête tes conneries ! C'est la cousine de Brady.

Il paraissait furieux. J'avais bien vu comme il la regardait ce matin. Il s'était tout de suite laissé séduire. Et, pour tout dire, ça ne me plaisait pas trop.

– Sérieux, insista Asa. Elle est superbe et elle ne parle pas. Tu ne peux pas demander mieux.

Je préférai ne pas réagir. Je savais qu'Asa plaisantait et qu'il ne réfléchissait pas à la portée de ses paroles.

– Elle est venue à la fête, vendredi soir, ajouta Ryker en s'asseyant face à son cousin. Brady a bien expliqué qu'elle était barrée et qu'il ne voulait pas voir l'un de nous s'approcher d'elle. Elle n'est pas juste muette, c'est dans sa tête que ça ne va pas.

Nash le dévisagea un instant, l'air réprobateur.

– Elle a pas l'air barje.

J'étais d'accord avec lui. Elle avait toute sa tête, je l'avais bien vu. C'était Brady qui inventait ces craques. En fait, elle était intelligente, ses yeux suffisaient à le prouver. Elle m'avait dévisagé avec colère et déception en découvrant à quel point j'étais immonde. Exactement ce que je voulais. Après ce baiser, il fallait qu'elle se dégoûte de moi. Je n'étais pas le genre de mec à mettre dans les bras de quelqu'un d'aussi délicat.

Oui, en l'apercevant à la soirée, j'avais éprouvé un certain soulagement. Mais je ne l'avais savouré qu'un instant avant d'y mettre un terme. En ce moment, je ne pouvais m'occuper que de ma famille. Cette nuit, alors que j'écoutais ma mère pleurer doucement dans le salon, j'avais compris que je n'étais pas prêt à me montrer gentil avec une fille. Même une fille comme elle.

– Tu sais pourquoi, lança Ryker, excédé. Tu l'as bien regardée ?

– Bon, on pourrait parler d'autre chose ? grommela Gunner au bout de la table.

Mieux valait ne pas me mêler à la conversation, d'autant que je la connaissais. J'avais l'impression qu'elle lisait en moi comme dans un livre ouvert. Qu'elle comprenait tout. Mais aussi, qu'elle attendait davantage de moi. Pour je ne savais quelle raison, je ne voulais pas la laisser tomber. En même temps, je souhaitais qu'elle me haïsse assez pour ne jamais chercher à se rapprocher.

– On a une partie de foot à jouer, dit Ryker. Alors, si on se tape la cousine de notre quarterback préféré, c'est toute l'équipe qui va le subir. Pour le moment, Brady ne doit penser qu'au foot et non s'inquiéter de vos petits culs excités.

Bien vu. Si on voulait envisager de participer au championnat d'État cette année, il fallait que Brady se concentre sur un seul point : le football.

Je devais remporter ce défi pour mon père. Il le désirait. Il avait dit que ce serait pendant mon année de terminale ou jamais. Je m'étais juré de lui offrir ça. Quoi qu'il m'en coûte.

Il ne me serait pas facile d'oublier ce baiser, toutefois je ne regrettais pas d'avoir choqué Maggie. Je m'étais comporté d'une façon qui aurait horrifié ma mère. Mais j'avais vu son regard, je savais qu'elle avait capté le message. Je n'étais pas un mec sympa à qui on pouvait faire confiance.

En entrant à la maison après l'entraînement, je trouvai la table dressée comme un soir normal dans une famille normale. J'avais toujours vécu ici, depuis ma plus tendre enfance. Pourtant, je ne m'y sentais plus en sécurité. J'avais constamment peur, n'espérant plus qu'un miracle.

Ma mère avait préparé le dîner, comme presque tous les soirs de ma vie. Elle faisait toujours de son mieux. Je savais qu'elle aussi priait pour que s'opère un miracle. Chaque fois qu'elle le pouvait, elle se comportait comme si la vie ne s'était pas retournée contre nous deux années auparavant, lorsqu'on avait diagnostiqué un cancer à mon père. Ce soir, elle avait ajouté des fleurs fraîchement coupées au centre de la table. Le panier à pain était plein. Elle en cuisinait beaucoup ces temps-ci.

– Te voilà, dit-elle avec un faible sourire. L'entraînement s'est bien passé ?

C'était sa façon de réagir : un air joyeux de façade. Je ne savais pas trop si c'était pour tenter de m'aider ou juste pour tenir le coup. Papa la laissait faire ce qu'elle voulait, sans la forcer à affronter la vérité. Il l'adorait. Depuis toujours.

Notre maison n'était ni grande ni élégante comme celle dans laquelle elle avait grandi. Pourtant, elle y tenait. Elle s'en occupait beaucoup, la rendait chaleureuse et agréable, preuve qu'elle était fière de la vie que papa lui avait offerte. Jamais elle ne parlait de son passé, de sa jeunesse avant d'épouser papa.

– Très bien. On est prêts pour vendredi soir. On va y arriver.

Pas plus que papa, je ne pouvais la laisser tomber. Si elle voulait faire comme si on vivait une vie normale, moi aussi.

– Papa mange avec nous ?

Peut-être allait-il mieux ? Il dormait encore quand j'étais parti, ce matin. Et il n'avait pas vomi de la nuit.

Elle me décocha un large sourire, et la lueur dans ses yeux me parut presque irréelle.

– Oui ! Il vient de prendre une douche et il s'habille. Il veut que tu lui racontes ta séance de foot. Je crois qu'il guette le match de vendredi avec encore plus d'impatience que toi.

Pourrait-il seulement y aller ? L'année dernière, il allait mieux et il avait pu s'asseoir dans les tribunes. Mais maintenant, je ne pouvais l'imaginer se rendre jusque-là. Je ne voulais pas raccourcir le temps qu'il nous restait ensemble en le dérangeant pour un match alors qu'il devrait se reposer.

– Qu'est-ce qu'il y a pour le dîner ? demandai-je pour changer de sujet.

Difficile de parler de papa et du football ; il aimait ce sport plus que tout après sa famille, et m'avait communiqué le virus. C'était le lien qui nous unissait. Il avait passé des journées à me lancer des ballons dans le jardin et, le matin, on se levait tôt pour aller courir ensemble avant l'école. Je voyais maintenant à quel point tout ceci appartenait au passé.

– Pain de viande, purée et chou vert. Oh, et bien sûr, pain de maïs ! Ton père l'adore avec le chou.

Elle préparait toujours les plats préférés de papa, alors qu'il pourrait à peine y toucher. Mais tant pis. Elle faisait ça pour lui, parce qu'elle ne savait que faire d'autre. Je la comprenais.

Ce soir, je raconterais donc mon entraînement dans le détail, comme s'il avait des chances d'assister à notre match de triomphe au championnat d'État. Je voulais qu'il soit là. Je voulais gagner. Et tant pis si je manquais de réalisme.

Il ne nous restait qu'à faire notre possible pour rendre papa heureux. Même si, intérieurement, on se sentait brisés. Il n'avait pas été qu'un mari pour maman, mais aussi son meilleur ami. Je les avais toujours connus inséparables. L'année prochaine, je voulais jouer dans la Southeastern Conference, l'un des groupements sportifs universitaires les plus importants du pays. Mais pourrais-je la laisser seule ? Si papa n'était plus là, pourrais-je poursuivre mes rêves ? Nos rêves ?

– Monte prendre ta douche. Je vais remplir nos verres, puis j'irai voir si ton père est prêt à passer à table.

Elle souriait toujours, bien qu'on ait tous les deux le cœur brisé.

– D'accord, répondis-je.

Sans rien ajouter, je grimpai l'escalier mais m'arrêtai en route. Je voulais la rassurer, lui dire qu'elle n'était pas seule, que je serais toujours là. Si elle ressemblait à cette fleur délicate que mon père protégeait, j'avais découvert que cela cachait une volonté d'acier. Jamais elle ne craquait devant lui. C'était elle qui tenait le coup quand j'avais envie de me blottir en geignant comme un bébé.

– Je t'aime, Maman.

Qu'elle sache que je ne la laisserais jamais tomber.

Ses yeux s'emplirent de larmes qu'elle ne verserait pas.

– Moi aussi je t'aime, mon garçon.

Cela suffisait pour aujourd'hui. Je ne pleurerais pas. Pas devant elle. Et je ne pourrais supporter de la voir pleurer.

CHAPITRE 5

Écarte-toi de ma vie

Maggie

Je m'étais assise sur le rebord de la fenêtre. Ce soir, Brady avait invité plusieurs copains à regarder des vidéos de matchs. Tante Coralee avait insisté pour que je puisse descendre avec eux si ça me tentait. Mais je ne ferais pas ça à Brady.

Alors, je restais assise là, à guetter une éventuelle arrivée de West. D'accord, il m'avait dégoûtée ce matin, mais je savais bien ce que cachait son regard. J'avais envie de le mépriser ou, tout au moins, de n'éprouver que de l'indifférence pour lui, pourtant je n'arrivais pas à le chasser de mes pensées.

Après sa petite scène dans le couloir, j'étais persuadée d'avoir affaire à un monstre. Mais, ensuite, je l'avais vu plaquer un type contre le mur pour lui arracher une paire de lunettes afin de la rendre à un élève de troisième à l'air terrifié. Tout s'était passé si vite que si je n'avais pas été en train de l'observer en douce, je n'aurais rien vu.

Les gens cruels ou sans peur ne font pas ça. Ils ne défendent pas les faibles. West n'était décidément qu'une contradiction ambulante.

Néanmoins, je n'avais pas l'intention de lui faire confiance. Ce n'était pas parce qu'il parlait gentiment à sa mère ou aidait un élève à récupérer ses affaires qu'il allait susciter une quelconque passion en moi. Oui, il m'avait embrassée, oui, j'avais aimé ça. Et, oui, j'avais envie de savoir quel secret il cachait au monde entier. Mais je n'étais pas du genre à me laisser tourner la tête par un garçon. Ça m'était arrivé une fois au collège avec un beau mec âgé d'un an de plus que moi. Je croyais qu'il m'appréciait vraiment, jusqu'à ce que je découvre qu'il se servait de moi pour atteindre mon amie. En apprenant qu'il l'avait invitée au bal de la rentrée, j'avais fondu en larmes. Maman s'était assise à côté de moi sur le canapé et on avait mangé du pop-corn, de la glace au chocolat couverte de caramel fondant et de la pizza. Elle était toujours là quand ça n'allait pas. Elle savait comment me rendre le sourire…

Je chassai ce souvenir. Il ne fallait pas que je pense à ça. Elle me manquait trop.

Je tirai la couverture sur mes bras, la coinçai sous mon menton, appuyai ma tête à la vitre. Les yeux de West allaient continuer à me hanter. Ses amis ne critiquaient donc pas sa conduite ? Ils l'acceptaient ?

En le voyant embrasser Raleigh, cet après-midi – visiblement, elle ne lui en voulait plus et se frottait contre lui dès la sortie des cours –, j'aurais voulu être une seconde à sa place. Maintenant que je savais ce que ça faisait de se trouver dans ses bras, je me prenais à regretter qu'il ne soit pas le garçon que j'avais cru vendredi soir. Et puis je m'étais rappelée qu'il embrassait cette fille après l'avoir traitée comme une moins-que-rien. Était-ce sa façon de s'excuser auprès de Raleigh ? Lui pardonnait-elle aussi facilement ? Sans doute. J'avais vu ce genre de relation travestie entre mes parents. Si elle se doutait à quel point ça pouvait devenir malsain…

Les garçons comme West faisaient oublier toute raison aux filles. Je l'avais trop souvent vu. Quand on se taisait, il était plus facile d'observer les autres. Je captais mieux leurs erreurs. Et les gens croyaient pouvoir dire devant moi des trucs dont ils ne parleraient pas autrement, car ils savaient que je ne répéterais rien, ou alors parce qu'ils confondaient mutisme et surdité.

Par exemple, deux de mes six professeurs, aujourd'hui, avaient parlé très haut comme si je ne pouvais pas les entendre quand ils s'adressaient à moi au cours. C'en était comique. J'en avais pris l'habitude maintenant, mais ça me faisait encore rire intérieurement.

Je me demandais ce que ça ferait de rire à noveau, de rire fort. De sentir ce son sur ma langue. Mais pourrais-je jamais rire, maintenant que ma mère était morte et que je m'étais assurée que mon père paie pour son crime ? Pourrais-je entendre ma propre voix sans me briser en mille morceaux ?

Je sursautai, car on frappait à ma porte. La poignée tourna lentement et la tête de Nash apparut dans l'entrebâillement ; ses yeux ressortaient plus que jamais sur sa peau sombre.

– Tu veux de la compagnie ? demanda-t-il avec un sourire timide.

Il flirtait avec moi. À plusieurs reprises aujourd'hui, il s'était approché pour me parler, tout en sachant très bien que je ne lui répondrais pas. Je ne m'attendais pas à ce genre d'attention, alors qu'il se conduisait toujours comme ça. Au début, je me méfiais, mais il s'était juste montré gentil. Il ne dépassait jamais les limites, ainsi que je l'avais vu faire avec d'autres gens. Cependant, tout le monde au lycée semblait bien l'aimer. Même les professeurs.

Je n'avais pas envie de compagnie et je n'étais pas certaine que ce soit une bonne idée de le laisser entrer dans ma chambre. Pourtant, je haussai les épaules. Sans être vraiment une invite, ce n'était pas non plus malpoli. Du moins je l'espérais.

– Bon, parce que ça me rase, ce qu'ils font en bas.

J'essayai de lui décocher un sourire, mais n'y parvins pas.

– Tu sais, continua-t-il en s'asseyant au bord de mon lit, j'ai trouvé les cours moins casse-pieds aujourd'hui, parce que je pouvais te regarder.

Je baissai la tête comme pour examiner la couverture qui m'enveloppait. Il cherchait encore à flirter. Je n'en avais pas l'habitude. Bien sûr, j'avais eu des copains avant… avant les événements. Mais il y avait quand même une différence. On ne s'était pas embrassés ni fréquentés. C'était plutôt une relation qui n'existait que dans le cadre du lycée, ou au téléphone le soir. Ma mère s'était toujours montrée hyperprotectrice, disant que je n'aurais pas le droit de sortir avant mes seize ans.

À une époque, j'avais même été la pom-pom girl populaire. Mais tout avait changé et, ces deux dernières années, j'avais perdu un pan de moi-même.

– Je ne voudrais pas te mettre mal à l'aise ou te déranger. Je suis désolé. J'aimerais juste que tu te sentes bien dans cette nouvelle école.

Il était beau et adorable. Le genre de garçon dont j'aurais raffolé dans mon autre vie. Le genre de garçon dont n'importe quelle fille devait raffoler. Je pouvais l'ignorer pour l'obliger à s'en aller. Mais je n'allais pas me montrer grossière, non plus. C'était l'ami de mon cousin et, jusqu'à nouvel ordre, le seul ami que je m'étais fait dans cette ville.

Je pris le carnet et le stylo que j'avais laissés traîner après avoir terminé mes devoirs. Il méritait au moins une réponse. Et puis, je serais contente d'avoir un ami ici. Quelqu'un qui ne me considérait pas comme un monstre.

Merci. D'être gentil avec moi. Cette journée aurait pu être plus difficile si je ne t'avais pas eu pour ami.

Je lui tendis le carnet pour qu'il puisse le lire. Un sourire lui étira les deux coins de la bouche et nos regards se rencontrèrent.

– Tu as un téléphone ? Pour qu'on puisse s'envoyer des SMS ?

Je fis oui de la tête et lui montrai l'appareil que m'avait offert ma marraine, Jorie, lorsque j'étais allée habiter chez elle après les événements. Ces deux années passées avec elle avaient été tout sauf réconfortantes. Je l'encombrais, elle ne savait pas s'y prendre avec moi. Comme je ne parlais toujours pas, elle avait fini par laisser tomber et appeler mon oncle Boone pour lui demander s'il voulait toujours me recevoir chez lui. Avec tante Coralee, ils avaient accepté immédiatement. En moins d'une semaine, Jorie m'avait fait plier bagage. Depuis, elle n'avait pas téléphoné une fois pour prendre de mes nouvelles. Mon numéro n'avait pourtant pas changé ; c'était toujours celui qu'elle m'avait obtenu. La seule différence étant que c'étaient désormais mon oncle et ma tante qui payaient la note.

Nash me tendit la main.

– Je peux y ajouter mon numéro ?

De nouveau, je hochai la tête.

Il prit un selfie, ajouta ses informations. J'entendis un ding et il me sourit.

– Voilà, je me suis envoyé un texto, comme ça, j'ai aussi ton numéro. Je peux prendre une photo de toi pour l'ajouter à ta fiche ?

Je n'aimais pas trop cette idée, cependant je n'allais pas lui dire non. Alors, j'acquiesçai et il souleva le téléphone.

– Souris, dit-il.

Je ne souris pas, mais il prit quand même la photo.

– C'est bon, dit-il en riant. Pas besoin de sourire.

La porte s'ouvrit et on se tourna ensemble pour voir Brady entrer, l'air furieux.

– Fous le camp, Nash !

Celui-ci ouvrit les mains.

– Du calme, mon pote. Je parlais à Maggie. On est amis, pas vrai, Maggie ? C'est tout. Je ne faisais rien d'autre, juré.

– Rien à foutre. Dégage.

Nash se leva, prit son téléphone en m'adressant un clin d'œil puis sortit.

Brady ne lâcha pas un mot jusqu'à ce qu'il ait disparu mais, une fois la porte fermée, il se tourna vers moi.

– Méfie-toi, Maggie. Ces mecs sont mes amis, mais ils ne se conduisent pas toujours bien avec les filles. Tu… gardes tes distances, d'accord ?

Lui qui m'avait si peu adressé la parole jusque-là, il se croyait tenu de me protéger ? Je n'avais pas besoin qu'il me dise de qui me méfier. Je comprenais les autres mieux que lui. Il n'avait pas à me conseiller de me tenir à l'écart de ses amis. Je soulevai le menton et lui décochai un regard de défi. J'avais tout fait pour empêcher ses parents de lui imposer ma présence. Mais ce n'était pas une raison pour qu'il en fasse autant.

Il aperçut mon carnet et, sans me laisser le temps d'intervenir, le saisit, lut mon message à Nash. Je savais très bien qu'il n'y verrait pas que des remerciements.

Il le jeta sur le lit en éclatant d'un rire mauvais.

– J'ai un match à gagner, vendredi soir, dit-il en se passant la main dans les cheveux. La ville entière compte sur moi, mais je ne peux pas jouer au foot et te surveiller à la fois. Je n'ai pas demandé à être le gardien de qui que ce soit. Pas le temps pour ces merdes. Alors, s'il te plaît, écarte-toi de ma vie. Trouve-toi des amis qui ne fassent pas partie de mon équipe. Et, deuxième nouvelle : aucun garçon ne sera ton ami. Adresse-toi aux filles pour ça. Tu es trop naïve ou quoi ?

Là-dessus, il sortit en claquant la porte.

J'aurais voulu que Brady m'aime bien. J'avais essayé de ne pas m'imposer à lui ; il n'y avait aucune raison pour que j'encombre sa vie. Mais je refusais qu'il me parle comme ça. J'allais donc garder mes distances avec ses amis. Pas parce qu'il me l'avait ordonné. Juste parce que s'ils avaient tous tendance à se conduire comme des enfoirés, je ne voulais rien avoir à faire avec eux. Je n'avais pas besoin d'amis. J'avais survécu jusque-là sans eux.

CHAPITRE 6

Je n'allais pas l'en empêcher

West

En arrivant au lycée, je pus constater que Raleigh ne m'attendait pas à mon casier. Je fus soulagé de ne pas avoir à discuter avec elle. Parfois, elle était plutôt distrayante mais, ce matin, j'étais debout depuis trois heures à cause de mon père. Il avait de nouveau des nausées et c'était le bruit des pas de ma mère courant dans le couloir pour lui chercher un verre d'eau qui m'avait réveillé.

J'étais allé l'aider, après quoi on ne s'était pas recouchés. J'aurais eu trop peur de dormir alors que c'étaient peut-être les derniers moments que nous passions ensemble. Il était devenu tellement maigre, tellement faible. Les médecins ne pouvaient plus rien pour lui. Le mois dernier, ils l'avaient renvoyé à la maison sans espoir de rémission. Pour tout médicament, il ne prenait plus que des antidouleur.

J'eus du mal à me décider à aller au lycée, alors que ma vie s'écroulait lentement. Je n'aurais jamais trouvé la patience d'accueillir Raleigh comme si j'avais envie de la voir.

Je venais de sortir mes livres quand une main délicate aux jolis ongles roses se posa sur le casier voisin. Maggie. Quelqu'un qui cherchait encore à se frayer un chemin dans mes pensées. Même si j'essayais d'oublier comment elle me regardait, comment elle avait vu autre chose en moi que le salaud que j'avais voulu lui montrer. Ou combien elle se fondait parfaitement dans mes bras.

J'observais son profil tandis qu'elle composait la combinaison de la serrure. Elle valait vraiment le coup d'œil.

Tournant légèrement la tête, elle me jeta un regard en coin avant de revenir à son casier. Je ne bougeai pas, attendant qu'il s'ouvre mais, après trois essais, il restait fermé.

– Pousse-toi, Maggie. Tu me donnes la combinaison ?

Cette fois, elle me dévisagea d'un air attentif, avant de sortir son téléphone pour m'en montrer l'écran.

– Merci. Maintenant, bouge.

Quand elle m'eut libéré la place, j'entrai en hâte la combinaison et ouvris le casier.

– Voilà.

À cet instant, le téléphone vibra dans ma main. Baissant les yeux, j'aperçus le visage de Nash et ce texto : Bonjour, ma belle.

Pourquoi Nash lui envoyait-il ça ? Et comment avait-elle obtenu sa photo ? Brady avait dit « pas touche ».

Je rendis son téléphone à Maggie.

– On n'est pas près de gagner le championnat si la cousine de notre quarterback fricote avec l'équipe de foot. Bas les pattes.

J'utilisais un ton plus sec que je ne l'aurais voulu mais tant pis. J'étais épuisé.

L'air furieux, elle m'arracha le téléphone des mains. Du coup, je me rendais odieux et elle allait me détester, rester à l'écart. Pourtant, une lueur dans ses yeux me fit regretter d'avoir dit ces conneries. Je m'en allai, assez dégoûté de moi-même. C'était plutôt à Nash que j'en voulais, pas à Maggie. Je m'étais déjà assuré qu'elle garde ses distances avec moi, désormais, elle ne voudrait plus me regarder. Pas besoin de me conduire ainsi. Sauf que, si je ne jouais pas constamment les abrutis avec elle, je pourrais oublier mes résolutions et laisser échapper une parole involontaire. Mais sincère.

Alors que je m'apprêtais à gagner mon cours suivant, je vis Nash arriver dans ma direction. Je compris qu'il allait rejoindre Maggie, alors que Brady avait clairement laissé entendre que personne ne devait approcher sa cousine. À cause de son initiative idiote, j'avais engueulé Maggie.

– Arrête ! grondai-je en lui attrapant le bras. Brady ne veut pas, tu dois l'accepter.

Il se dégagea d'un geste brutal.

– On t'a rien demandé, maugréa-t-il en reprenant son chemin.

Je ne pouvais l'en empêcher, mais j'allais m'arranger pour le faire payer sur le terrain ce soir. Moi et tous les autres. Et s'il ne pouvait jouer vendredi soir, on se débrouillerait sans lui.

Mais on ne pourrait pas gagner sans Brady. Et on devait gagner. Je n'allais pas laisser tomber mon père.

– Tu as vu que Raleigh ne lâche plus Jackson Hughs ? demanda Gunner en s'asseyant près de moi au cours d'histoire.

Apparemment, elle s'était mise avec Jackson Hughs, le seul vrai joueur de handball du lycée, débarqué d'une ville plus au nord où on appréciait ce sport idiot. Sauf que, maintenant, il voulait développer une équipe à Lawton.

– Rien à fiche, répondis-je sincèrement.

En les voyant ensemble ce matin, je m'étais arrêté pour accuser le coup. Mais rien ne s'était produit. Aucune douleur, bien que j'aie passé une année plus ou moins régulière avec Raleigh. Je ne ressentais rien. Absolument rien.

– C'est vrai ? Pourtant vous vous étiez bien léchouillés le matin même, me rappela Gunner.

– Elle était excitée comme une puce, je n'allais pas l'en empêcher.

C'était – presque – la vérité. En fait, j'avais besoin de la distraction qu'elle m'offrait ainsi. Et puis j'essayais aussi d'effacer le souvenir du baiser de Maggie. Ça me rongeait, j'avais trop de mal à l'oublier.

– Raleigh regarde dans notre direction, pouffa Gunner. Elle guette ta réaction.

Elle n'en obtiendrait aucune. J'ouvris mon livre.

– Tu es trop glacial, Ashby, un vrai monstre. Tu te fous de tout !

S'il savait. Je ne me foutais pas de certaines choses, et ces choses-là me déchiraient.

– Rien à foutre, rétorquai-je.

– Nash a dit que tu étais très énervé contre lui quand tu l'as surpris en train de parler à la cousine de Brady. Je lui ai répondu que tu avais raison.

Là, je me tournai pour regarder Gunner dans les yeux.

– Je vais régler ça tout à l'heure, sur le terrain.

M. Halter entra dans la salle et se mit à nous donner des instructions sur les prochains textes à lire. J'allais au moins pouvoir m'offrir une petite sieste.

– Ma mère m'a dit que cette fille avait vu son père assassiner sa mère, murmura Gunner en se penchant vers moi. C'est dingue.

Qu'est-ce qu'il racontait ?

– Hein ?

– La cousine de Brady. Elle ne parle pas, parce qu'elle a vu son père tirer sur sa mère. Il est en prison, ou dans le couloir de la mort, ou je ne sais quoi. Paraît qu'elle en est devenue cinglée.

J'en eus le cœur retourné. Comment croire un truc pareil ? Pas la gentille Maggie… Elle ne connaissait pas la méchanceté. Pas même avec moi qu'elle aurait bien pu gifler au moins trois fois, déjà. Il n'y avait pas de colère dans son regard. Juste une grande solitude que je voulais ignorer. Mais ce que disait Gunner… Ce genre d'horreur pouvait anéantir quelqu'un.

La mère de Gunner aimait bien les potins, tout le monde savait ça. J'espérais que, cette fois, elle se trompait. Mais si c'était vrai ? Comment pouvait-on vivre après un tel cauchemar ?

CHAPITRE 7

Peut-être

Maggie

Tu ne veux pas répondre à mes SMS ?

C'était le cinquième que m'envoyait Nash aujourd'hui. Je les avais tous ignorés, et tant pis si je passais pour une malpolie. J'en avais fini avec les fréquentations de Brady et leur précieuse équipe de football. D'autant que j'avais vu West empoigner Nash dans le couloir après m'avoir engueulée à propos du texto. Pas le temps pour ces comédies. Je ne voulais plus en entendre parler.

Je devrais sans doute expliquer à Nash pourquoi je ne lui répondrais pas. Il méritait une explication. Je ferais ça au déjeuner. Hier, Brady s'était assis avec moi dehors, à une table de pique-nique, mais il n'en avait visiblement pas envie.

Je lui avais envoyé un SMS ce matin pour lui dire qu'il n'était pas obligé de s'occuper de moi au déjeuner d'aujourd'hui. Je pouvais bien me débrouiller seule. Il avait réagi d'un simple d'accord.

– Tu vas lui répondre ?

Je reconnus la voix de West. Il s'approchait, le regard flottant au-dessus de ma tête. D'après son expression, il n'appréciait pas que Nash m'envoie des textos. Ce n'était pas mon problème, je n'y répondais pas tout simplement pour mieux m'éloigner de la bande à Brady. Je n'en serais que plus tranquille tant à la maison qu'au lycée. Mais j'en avais marre que les gens me disent ce que je devais faire ou non. Particulièrement ce mec. Il n'avait pas à mettre son nez dans mes conversations avec qui que ce soit.

Je rangeai mon téléphone dans ma poche.

– C'est ça. Laisse-le tomber. Ça nous évitera bien des ennuis. S'il insiste, je vais lui en faire passer l'envie.

West venait de me dire tout ça sans me regarder une seule fois.

Et moi, je m'empourprai devant une telle condescendance. Il n'avait pas le droit de me parler comme ça. Ce n'était pas parce que je ne disais rien que je ne comprenais rien.

– D'accord ! lâchai-je.

Il ne me fallut qu'une seconde pour me rendre compte que j'avais parlé à haute voix. Il m'énervait tellement, c'était sorti tout seul. Et maintenant, j'en transpirais de tous les pores de ma peau. Je n'allais pas me renier pour autant. Ça allait. Ce n'était qu'un mot.

Cette fois, il me regardait, l'air incrédule. Et moi, je cherchais désespérément comment ravaler cette parole. Je l'avais articulée sans la moindre difficulté. Pourtant mes souvenirs… je ne voulais pas qu'ils remontent avec le son de ma voix.

– Hé, tu viens de…

Il s'interrompit comme s'il tâchait de s'assurer qu'il m'avait bien entendue parler. Je ne confirmai ni ne démentis. Je restais plantée là, les yeux fixés sur les siens. Je n'en dirais pas plus. Il conclurait peut-être que c'était le fruit de son imagination.

Secouant la tête, il reprit son chemin dans le couloir. La foule s'écartait sur son passage. Comme pour Brady. Et moi, je me passai un doigt sur les lèvres. Comment se faisait-il que, face à West Ashby, ma bouche prenne le pouvoir ? Je l'avais laissé m'embrasser alors que je ne le connaissais pas. J'avais dit un mot sans y réfléchir.

Une fois qu'il eut disparu à l'angle du couloir, j'inspirai un grand coup, laissai retomber ma main sur le côté. J'avais bel et bien dit quelque chose. Moi qui croyais avoir perdu cet aspect de ma personnalité – la fille qui ne gobait pas tout ce qu'on lui disait mais se défendait seule –, le voilà qui réapparaissait soudain. Je ne possédais plus cet instinct ni aucun contrôle sur ma voix depuis deux ans. Et voilà que West, bien qu'il se soit comporté comme un abruti, ou à cause de ça, me l'avait rendu.

Mon téléphone vibra de nouveau dans ma poche. Je n'avais plus qu'à espérer que West ne dise à personne ce qu'il avait entendu. Je ne me sentais pas prête à parler, plutôt incapable d'entendre à nouveau ma voix et de communiquer avec les gens.

J'envoyai un texto à Nash :

Laisse-moi tranquille stp. Je ne veux pas embêter Brady. Arrête de m'écrire. Et de me parler.

J'appuyai sur « envoi » et partis à la recherche de la bibliothèque. Je profiterais de l'heure du déjeuner pour lire. Me rendre aussi invisible que possible.

Le lancement de la saison de foot avait lieu au stade, après le déjeuner de vendredi. Les pom-pom girls passaient la journée en uniforme à pousser des acclamations pour glorifier l'esprit du lycée. En de pareilles occasions, rien de plus facile à reconnaître qu'un casier de joueur : ils étaient tous décorés de ballons, de cœurs et de posters.

Aujourd'hui, Brady remontait les couloirs d'une démarche conquérante, encore plus décidée que les autres jours. On acclamait souvent son nom et il souriait chaque fois qu'on entamait un couplet. Je ne voyais pas pourquoi, après ça, il envisageait encore d'organiser une rencontre ; moi aussi, j'avais été pom-pom girl à une époque, pourtant je ne me rappelais pas avoir vu un tel enthousiasme un jour de match. Ça me semblait un peu excessif.

Depuis mardi, plus personne ne m'avait pour ainsi dire adressé la parole. Je me contentais de longer les murs. Nash ne m'envoyait plus rien. Quand je le croisais dans les couloirs, il ne regardait pas dans ma direction. C'était bien ce que voulait Brady, et ça valait mieux ainsi. Pourtant, ça ne faisait qu'ajouter à ma solitude. Difficile de se faire des amis quand on ne parlait pas. Les gens ne savaient pas comment s'y prendre avec vous. Je voyais comment ils me dévisageaient, je les entendais murmurer à mon sujet. J'étais incapable de communiquer avec eux.

Et puis il y avait West. Je m'étais attendue à ce qu'il raconte aux autres ce qui s'était passé, mais non. En même temps, il m'ignorait complètement. Si je ne savais pas que je restais visible aux regards humains, je croirais avoir disparu du paysage. Le seul contact que j'eus avec lui fut quand je laissai tomber un livre dans le couloir. Surgi de nulle part, il arrêta la circulation pour le ramasser et me le rendre. Toujours sans me regarder. Et puis il était reparti.

Je n'étais pas enchantée à l'idée de me retrouver dans un stade empli d'élèves surexcités, mais il fallait que j'y aille. Ma tante ne viendrait me chercher qu'à la fin. Elle voudrait savoir si je m'étais amusée et il faudrait que je mente. Je me trouvai une place en haut des gradins, pas loin de la sortie, et rangeai mes livres sous mon siège. Ainsi, je pourrais m'en aller parmi les premiers. J'eus vite fait de repérer Brady parmi les joueurs. Il semblait plus concentré, moins exubérant que les autres, qui répondaient joyeusement à la foule. Je les regardais l'un après l'autre, sans vouloir m'avouer que je cherchais West parmi eux. Mais je n'aperçus nulle part sa tête brune. Je recommençai à les examiner un à un quand j'entendis des rires autour de moi.

– Ouf ! J'aimerais trop être elle, lança une fille devant moi.

Je ne savais pas qui était « elle ». Mais, voyant son interlocutrice tourner la tête vers les portes, je suivis son regard et aperçus West dans l'encadrement, Raleigh collée contre lui.

– Il la reprend toujours, ajouta l'autre fille. C'est horripilant. Elle est pas si bonne que ça !

– Pas d'accord, intervint un garçon. C'est une bombe.

West détacha ses lèvres de celles de Raleigh et sourit. Puis il fit son entrée sur le stade, tel un roi devant ses sujets.

– Il est trop craquant ! soupira la première fille.

Sa copine éclata de rire, et toutes deux échangèrent d'autres remarques sur le corps de West et tout ce qu'elles aimaient encore en lui.

Quand il arriva au centre du terrain, il tourna sur lui-même et sourit à la foule. Certes, son sourire était beau, mais forcé, terne, factice. Personne ne le voyait donc ? Étais-je la seule ?

Une discussion s'éleva près de moi, et j'aperçus un blondinet à lunettes qui essayait de faire bouger la fille sur ma gauche. Elle lui faisait les gros yeux mais finit par s'écarter. Le garçon se glissa près de moi, posa son sac sur sa gauche en faisant encore plus râler la fille.

Finalement, il se tourna vers moi, me sourit.

– Salut, je suis Charlie. On a deux cours ensemble et les mêmes pauses déjeuner, mais je ne t'ai jamais vue à la cafète. Je sais que tu ne parles pas. Je voulais juste me présenter. Et si tu as besoin de quoi que ce soit, ou si tu veux aller voir un film, je suis disponible.

– Sérieux ? demanda la fille qu'il avait dérangée. C'est ça, ton plan drague ?

L'air excédée, elle se remit à regarder l'équipe.

– Je ne suis pas trop doué, reprit-il. En fait, je suis nul. Mais je… je me demandais si tu ne voudrais pas…

Il rougit sans achever sa phrase. Trop mignon. Et gentil. Il n'avait pas un regard hanté. Sa vie à la maison devait être tranquille, avec deux parents qui l'aimaient, sans démons sur les épaules, comme moi.

Ce n'était pas non plus un joueur de football. Chose qui me plaisait beaucoup.

Je sortis mon carnet.

Contente de te connaître, Charlie. Je m'appelle Maggie.

Son sourire s'élargit.

– Oui, je connais ton nom. Je m'étais renseigné. Pas pour te harceler, juste par curiosité. Tu es nouvelle et tout. Ici, à peu près tous les élèves étaient ensemble dans la même école primaire, alors quand il y a un nouveau…

Il rougit encore. Je ne savais quoi lui répondre.

– Alors ? demanda-t-il en riant. Ça te dit, un film ?

Un film… et un rendez-vous. Je n'avais jamais eu de rendez-vous. En avais-je envie ? Étais-je prête ?

J'avais prononcé un mot cette semaine. West me l'avait arraché sans le vouloir. Je n'en étais pas morte pour autant. Je me sentais plus forte. Mais étais-je prête pour un rendez-vous ?

Et si c'était juste West ? Que se passerait-il si je parlais avec quelqu'un d'autre, si, en entendant ma voix, je sombrais dans un trou noir pour ne plus en trouver la sortie ?

Je repris mon carnet :

Peut-être.

C'était tout ce que je pouvais promettre pour le moment.

CHAPITRE 8

On va gagner cette saison

West

C'était la première fois de ma vie que je jouais un match sans la présence de mon père. Les autres ne pensaient qu'à gagner, aussi, par chance, personne ne s'était aperçu de rien à part Brady. Je lui avais juste répondu que papa ne se sentait pas bien.

Je lançai deux touchés, mais papa n'était pas là pour les voir. Il n'était pas à sa place pour m'encourager de ses grands sourires quand je courais sur les lignes de touche. Il avait de la fièvre, souffrait trop, il n'était même plus lucide.

Il avait horreur de ces analgésiques – il préférait rester mentalement avec nous –, mais il avait tant souffert cette nuit que maman l'avait forcé à les prendre. Ensuite, quand il avait fini par s'endormir, elle était tombée dans mes bras en sanglotant.

Je ne l'avais jamais vue dans cet état. Effondrée.

S'il y avait une chose qui ne me préoccupait pas, c'était bien le match d'aujourd'hui. Je n'avais qu'une idée en tête : rentrer à la maison pour raconter à papa ce qui s'était passé. J'avais envie de le faire sourire, de lui permettre d'espérer une victoire. Voilà si longtemps qu'on partageait nos rêves… Je ne voulais pas qu'il sache que j'allais les perdre. Parce que, loin de lui, tout ça n'aurait plus d'importance.

Sans compter que maman aurait besoin de moi quand il ne serait plus là.

Je n'avais pas cherché Raleigh après le match. J'avais rejoint directement mon pick-up, bien décidé à m'écarter de l'équipe ravie d'avoir gagné. En l'absence de mon père, je n'y prenais plus aucun plaisir.

En même temps, je ne tenais pas à le retrouver quand je me sentais tellement à cran. Mais je n'allais pas non plus me rendre à la soirée où l'équipe devait célébrer la victoire. Je voulais juste oublier. Je voulais revenir à mon ancienne vie. Lorsque mon père était en bonne santé.

Après avoir roulé sans but pendant près d'une heure, noyé dans le chagrin qui m'habitait, je laissai mon pick-up s'engager sur le chemin de terre qui menait au terrain. C'était ça ou la maison et je ne pouvais pas rentrer maintenant. Il me fallait quelques bières, oublier.

Tout le monde était déjà là. Ces cris et ces rires que j'avais tant aimés, à présent je les détestais. Aucun de mes amis n'avait d'autre souci que la perspective de perdre ou de gagner un match. Ils ignoraient ce qu'était la peur. Ils vivaient leurs plus belles années. Moi aussi, j'avais connu ça à une époque.

Je claquai la portière, jetai un coup d'œil sur le feu de bois derrière les arbres. J'allais devoir m'en approcher, essayer de sourire. J'allais devoir parler d'un match que j'avais joué de tout mon cœur, juste pour pouvoir le raconter ensuite à mon père.

Je n'avais plus envie. Pas plus que de me mêler à eux.

Mais que faire d'autre ?

Ça m'apaiserait de boire. Même si rien ne pouvait chasser mon chagrin.

Je ferais comme si. Ça me réussissait plutôt, ces derniers temps.

Aussitôt arrivé, je trouvai une bière et me dirigeai vers mes amis. Raleigh était déjà là, au milieu des joueurs, à flirter avec l'un d'eux. Je savais qu'elle était folle, et c'était le meilleur moyen pour elle de me récupérer. Car je m'en fichais.

– Tu étais où, mec ? lança Ryker. On rejouait les merveilles d'Ashby et tu n'en as même pas profité !

– J'avais des trucs à faire.

Inutile de préciser avec qui ou quoi. Ils pourraient penser ce qu'ils voulaient.

Des rires accueillirent mon commentaire.

– Je suppose que c'est pour ça que Raleigh s'est pointée dans le camp des footballeurs, répondit Nash.

Il m'avait fait la gueule un jour ou deux mais, après l'entraînement de jeudi, on s'était mis d'accord : j'avais raison, il fallait se concentrer sur le foot, pas sur la cousine de Brady.

Je pris place sur le tracteur où Ryker était assis.

– Rien à fiche, dis-je.

– Non, sérieux, Nash, lui répondit Ryker. Ne t'occupe pas d'elle. Elle va bien. Brady va revenir dans une minute avec le verre d'Ivy, et s'il croit que tu cherches sa cousine, il va s'énerver.

Je retournai mon attention vers Nash. Je croyais qu'il avait laissé tomber.

– Arrête, dit-il, je regardais qui était là sans chercher personne en particulier.

– Mytho ! maugréa Ryker.

– Elle est là ? demandai-je.

Aussi, pourquoi elle venait à ces fêtes si c'était pour se cacher dans son coin ?

– Brady raconte que c'est sa mère qui l'a obligé à l'emmener avec lui, dit Ivy d'un ton morne. Elle ne voulait pas venir, et lui, ça l'embête pour elle.

– Ça m'énerve qu'il ne la laisse pas venir avec nous, râla Nash.

– T'occupe, rétorqua Ryker.

J'étais plutôt d'accord avec lui, mais Nash aussi avait raison. Brady avait tort d'amener sa cousine ici pour la laisser ensuite toute seule. C'était cruel.

– Hou là ! sourit Ivy en me regardant. Bonjour le drame !

– Et merde ! grommela Ryker.

Raleigh arrivait, les cheveux en bataille. Que venait-elle chercher ici ? J'aurais préféré qu'elle reste avec les joueurs.

– Vous m'embrouillez tous, dit Nash. Aujourd'hui, au stade, j'ai cru qu'elle allait te bouffer les lèvres. Maintenant, elle en attaque d'autres.

Prenant ma bière, je me levai et partis. Je ne voulais pas me taper encore cette merde ce soir. J'avais autre chose à penser.

– Je me casse, dis-je.

– Tu t'en vas ?

– Déjà ?

– Comme la semaine dernière ?

Ils semblaient tous surpris. Je levai ma bière pour les saluer.

– Beau match. On va gagner cette saison.

Là-dessus, je me dirigeai vers mon pick-up.

CHAPITRE 9

Je fais des cauchemars toutes les nuits

Maggie

Assise à l'arrière du pick-up de Brady, je regardais mes pieds se balancer dans le vide. Le bruit de la fête me parvenait plutôt atténué. Ce soir, mon cousin ne s'était pas garé trop près du terrain, mais parmi les autres véhicules dans le sous-bois donnant sur le chemin. Je savais que c'était pour m'offrir un abri. Il s'efforçait de me faciliter les choses. Il m'avait même apporté un bol de bretzels et un soda, et il avait l'air inquiet. Jusqu'à ce qu'une fille aux longs cheveux bruns vienne se garer à côté. Là, il avait paru s'énerver et il était parti.

La fille était restée un instant sur place à le suivre des yeux, avant de remonter dans sa voiture et de redémarrer. Bizarre. Je ne l'avais encore jamais vue.

– Tu as le meilleur spot du coin.

La voix de West Ashby me fit sursauter.

– Désolé, continua-t-il. J'en ai marre de faire comme si j'en avais quelque chose à foutre de ce qui se passe là-bas. Je voulais être un peu seul. Comme tu ne parles pas, ça m'arrange. Quelqu'un à qui je peux parler sans être interrompu. Génial !

Il avala une longue goulée de bière, puis s'assit près de moi sur la plate-forme.

Était-il ivre ? Sans doute. Il devait pourtant savoir que j'étais la dernière personne à souhaiter lui tenir compagnie. Je n'étais pas son amie. Je ne le serais jamais.

– Je ferais mieux d'arrêter de parler, comme ça plus besoin de m'occuper des autres. Ça facilite la vie, non ? Je t'envie.

M'envier ? Il plaisantait, là. Il n'allait pas me balancer d'autres vannes de ce genre alors qu'il ne me connaissait pas. Il ne savait pas pourquoi j'avais décidé de ne plus parler. Aussi, quand je l'entendis prétendre qu'il m'enviait, je me retins de me lever pour lui crier à la figure. Personne au monde ne devrait jamais m'envier. Jamais.

– Mais j'ai entendu des trucs, et si c'est vrai, tu vis une merde pire que la mienne. Enfin bon… Ça doit être faux, un potin de la mère de Gunner. La moitié de ce qu'elle raconte est faux. Dieu sait qu'elle a balancé des conneries sur ma mère.

Il avait l'air de se parler tout seul, maintenant, les yeux rivés sur un point dans l'obscurité, l'expression douloureuse. Il ne cherchait pas à se cacher, cette fois-ci. À présent, je discernais l'être qu'il refusait de révéler aux autres. Son masque était tombé, il parlait d'une voix lourde, l'air sombre.

– Il n'a pas assisté au match ce soir. Il ne pouvait pas. Il ne peut même plus aller aux toilettes sans aide. Quant à venir me voir jouer… Chacun de mes touchés lui était dédié. Pour que je puisse lui raconter des trucs sympas ce soir. Sauf que je reste là, comme une mauviette, parce que je crève de peur d'aller le voir.

D'aller voir qui ? J'aurais voulu le lui demander, mais je n'osais pas tant il semblait paniqué. Ce n'était plus l'abruti dont il jouait le rôle à la face du monde. Il se montrait sous son vrai jour. Me montrait son chagrin, sa peur. Mais pourquoi ?

– Quand je suis né, maman a dit qu'il m'avait apporté un ballon de football à la clinique, qu'il avait couru l'acheter en apprenant qu'elle venait d'avoir un garçon. Il l'avait mis dans mon berceau. Si j'ai aimé le foot, c'était surtout parce que je l'aimais, lui. Il a toujours été mon héros. Et voilà qu'il va nous quitter, maman et moi.

Il laissa échapper un rire rauque et douloureux.

– Qu'est-ce qu'elle va devenir ? Il est toute sa vie, son monde. Je n'arrive pas à imaginer ma mère sans mon père. Jamais je ne pourrai…

Il se prit la tête dans les mains, laissa échapper un cri.

– Merde ! s'exclama-t-il en me regardant pour la première fois. J'ai trop peur, Maggie. Tu sais ce que c'est, toi, la peur ?

Je ne le savais que trop bien. Je connaissais la terreur et la peur. Je connaissais les démons qui vous hantaient la nuit au lieu des doux rêves auxquels croient les enfants. J'en savais plus qu'il ne pouvait l'imaginer.

– Oui, murmurai-je pour lui assurer qu'il n'était pas seul.

Ma voix me parut aussi étrange que familière.

C'était la deuxième fois que je lui parlais. La première parce qu'il m'avait exaspérée, et maintenant parce que je comprenais son besoin de savoir qu'il n'était pas seul. Des chagrins, on en éprouvait tous un jour ou l'autre. C'était ainsi qu'on apprenait à accepter ce qui allait déterminer notre avenir. À ce moment-là, j'avais choisi de parler. En général, j'acceptais dans le silence mais, pour la première fois depuis que j'avais vu mon père tuer ma mère, j'avais envie de parler. De rassurer quelqu'un d'autre.

Il écarquilla les yeux.

– Tu as parlé, encore une fois.

Je ne répondis pas. J'avais dit un mot, car il en avait besoin. Mais de là à entamer une conversation ? Impossible. J'avais encore trop peur d'entendre ma voix.

– Alors, c'est vrai ? Ce que dit Gunner… Tu as vu ton père…

Il s'interrompit. Il connaissait mon passé. Quelqu'un l'avait découvert et le racontait partout. Je me doutais que ça finirait pas arriver.

Je réfléchis à ma réponse. Je n'avais jamais parlé à personne de cette nuit-là. C'était trop dur de se souvenir. En même temps, West lui aussi perdait un parent.

Alors, je hochai la tête. Je ne lui en donnerais pas davantage. Impossible d'exprimer par des mots ce que j'avais vu. Plus jamais.

– Merde, c'est dur, conclut-il.

On garda le silence quelques minutes dans l'obscurité.

– Mon père est mourant. Les médecins ne peuvent plus rien pour lui. Ils l'ont renvoyé à la maison juste pour… mourir. Chaque jour, je le vois s'enfoncer un peu plus. Il s'éloigne, il souffre trop et je ne sais pas quoi faire. Je redoute toujours de partir au lycée en pensant qu'il pourrait s'en aller alors que je ne serais pas là. En même temps, j'ai peur de rentrer, comme en ce fichu moment, parce que son état pourrait s'être encore aggravé. Je suis obligé d'assister au dépérissement de l'homme que j'adore. De le regarder quitter cette vie. Nous quitter.

La mort de ma mère avait été rapide. Immédiate. Elle n'avait souffert que ce court instant. Je hurlais à mon père d'arrêter tandis qu'il pointait un pistolet sur elle. Je savais qu'à cet instant elle souffrait. Pour moi, à cause de ce que j'allais voir.

Mais je ne savais pas ce qu'on éprouvait lorsqu'un parent mourait lentement sous vos yeux. Lorsqu'on a llait se coucher le soir sans savoir s'il serait encore là le lendemain. J'en avais mal au cœur pour lui. Rien de pire que de perdre une personne qu'on aimait tant. West n'était pas un type bien. Il pouvait se montrer carrément cruel. Mais l'émotion dans sa voix était perceptible. Je ne voulais pas ressentir quoi que ce soit pour lui, pas même du chagrin, pourtant c'était le cas.

– Personne n'est au courant, continua-t-il. Je ne peux pas leur dire. Tout ce qu'ils savent, c'est que papa s'est fait opérer et qu'il est en invalidité maintenant, qu'il ne travaille plus. Je leur ai raconté ça comme si ce n'était rien de grave.

Il repartit d'un rire brutal et dénué de toute gaieté.

– Les femmes de cette ville n'ont jamais accepté ma mère. Elle n'a aucune amie à qui parler, à part ta tante, et je ne crois pas qu'elle en ait touché un mot à Coralee. Quand papa sera parti… elle n'aura plus que moi. Comment faire ? Comment occuper un tel vide ?

Rien de ce que je pourrais dire ne saurait combler un tel chagrin. Alors, je posai ma main sur la sienne. C'était tout ce que je pouvais faire. Sauf lui parler, mais il n'avait pas besoin de ça. D'ailleurs, je n'étais pas sûre d'y arriver.

Il tourna la paume de sa main pour saisir la mienne, puis se leva.

Je ne voulais pas qu'il s'en aille comme ça. Il m'avait révélé la présence de ces démons qu'il devait affronter. Il avait mis son âme à nu. Il allait rentrer chez lui, revivre ce cauchemar, encore et encore jusqu'à la fin. Il ne voulait le dire à personne, pourtant il me l'avait dit à moi.

Avait-il vu dans mes yeux ce que j'avais vu dans les siens ? Cette douleur, cette rage ? Ce regret, cette souffrance ?

– Je fais des cauchemars toutes les nuits, dis-je. Je revois sans cesse mourir ma mère.

CHAPITRE 10

J'ai survécu en la fermant

West

Cette fois, ça n'avait pas été qu'un simple murmure. Son doux accent du Sud chantait à mes oreilles, et sa voix était trop belle. Pas du tout haut perchée, plutôt grave.

Les paroles qu'elle avait prononcées en disaient tant… Ça faisait mal de songer qu'elle revivait chaque nuit de telles horreurs. Je ne savais pas quoi lui dire. Mon père mourait d'un cancer, ça me déchirait. Tandis qu'elle avait vu son père tuer sa mère. Impossible d'imaginer une pareille violence.

Elle ferma les yeux, respira longuement. Je l'observais, incapable de détacher mon regard. J'avais peur qu'elle ne bouge ou disparaisse. Et j'avais besoin d'elle. Du moins pour le moment ; j'avais besoin de quelqu'un qui connaisse ma douleur, et la comprenne.

– Ça ne vous quitte jamais… ce chagrin, dit-elle en rouvrant les yeux. Mais on apprend à vivre et à gérer sa perte. On fait ce qu'il faut pour survivre.

Je comprenais maintenant. Pourquoi elle ne parlait pas… pourquoi elle restait muette. C'était pour ne pas revivre ce moment. Ne plus parler, ne plus rire. Juste tout garder en soi. Jusqu'à maintenant. Avec moi.

– Tu me parles. Pourquoi à moi ?

Son regard flottait par-dessus mon épaule, et j'y lus toute la peine du monde.

– Parce que tu en avais besoin. Tu as besoin de quelqu'un qui a connu une épreuve semblable à la tienne.

Je me rapprochai d'elle.

– Quand tu as perdu ta maman, il y avait quelqu'un pour s'occuper de toi ?

J'espérais qu'elle allait dire oui. Je n'aimais pas l'idée qu'elle affronte seule une telle horreur.

– Non, souffla-t-elle. Personne ne pouvait comprendre. Personne n'a vu ce que j'ai vu. Personne n'a vécu ça. J'aurais bien parlé à quelqu'un, mais il n'y avait personne qui puisse me comprendre. Alors, j'ai survécu en la fermant.

Moi aussi, je la fermais. Pas de la même façon qu'elle. Je gardais juste secrète la maladie de mon père. Je n'avais pas de vrais amis pour comprendre ce qui se passait. Mon père allait encore bien l'année dernière, quand j'avais donné une soirée chez moi après l'entraînement du printemps. Et puis, au cours de l'été, les choses avaient commencé à se gâter. Ces trois dernières semaines, elles n'avaient fait qu'empirer.

Bientôt, tout le monde serait au courant, je le savais bien. Je ne pourrais garder éternellement ce secret. Mais je n'avais pas envie de leur en parler. Je ne voulais pas capter leurs regards apitoyés. Je ne voulais pas qu'ils cherchent à me consoler quand ils n'y comprenaient rien.

– Maggie !

La voix de Brady retentit dans l'obscurité. Je vis Maggie se tendre puis m'adresser un petit sourire avant de descendre du pick-up pour rejoindre son cousin. Elle ne voulait donc pas qu'il me voie avec elle.

Sauf que moi, je ne voulais pas la laisser partir.

Durant tout le week-end, je ne pus m'empêcher de penser à Maggie. Quand papa se mettait à vomir, je me rappelais que j'étais assez fort pour supporter ça. Que je resterais là pour ma mère. Je n'étais plus un petit garçon apeuré. Si Maggie avait pu survivre à ce qu'elle avait vu, il fallait que je grandisse et offre à mon père l'appui dont il avait besoin.

Le lundi matin, je laissai ma mère blottie contre le corps fragile de mon père et partis pour le lycée, en songeant à Maggie. Sa voix ne me quittait pas, me rappelant qu'il fallait apprendre à gérer sa douleur. Elle en était la preuve concrète.

En l'apercevant devant son casier, près du mien, j'éprouvai un certain soulagement. Il fallait que je la voie. Nous avions parlé une dizaine de minutes et je me sentais déjà attaché à elle. Elle me comprenait. J'ignorais jusque-là combien j'avais besoin de quelqu'un qui me comprenne.

– Salut ! dis-je en composant ma combinaison.

Elle me jeta un regard, me sourit, mais rien de plus. Pas un mot. Pas cette voix douce et tiède pour m'apaiser. Juste un petit sourire. Merde ! Je voulais l'entendre parler.

– Tu n'as rien à me dire ? lui demandai-je sans la quitter des yeux pour le cas où elle articulerait un truc que je raterais.

Retournant son attention vers le casier, elle en sortit un livre puis referma le verrou avant de me jeter un autre coup d'œil. Un court instant, je crus qu'elle allait parler, mais elle se contenta de secouer la tête avant de s'en aller. Me plaquant là.

Moi qui avais passé le week-end à me répéter ses paroles, à réécouter sa voix pour mieux surmonter mes démons… voilà qu'elle se conduisait comme si on ne s'était jamais rien dit. Comme si elle ne connaissait pas mes secrets, ni moi les siens.

Merde !

Je pris les livres de mon premier cours, claquai la porte du casier puis me lançai à sa poursuite. J'allais la rejoindre quand une main m'attrapa le bras. Je m'en libérai brutalement, fusillai Brady du regard. Il n'avait pas l'air content.

– Tu cours après Maggie ?

À quoi bon mentir ?

– Oui, répondis-je.

– Pas toi ! râla-t-il. Tu peux pas lui foutre la paix ? Elle est muette. Elle a connu des merdes inimaginables, c'est pas un jouet. Alors, va t'amuser ailleurs. Touche pas à ma cousine.

Comment lui expliquer que je voulais juste discuter encore avec elle ? Il ne savait même pas qu'elle m'avait adressé la parole, puisqu'elle ne parlait à personne. Sauf à moi.

Alors, même si elle ne tenait pas à continuer, je ne voulais pas rester loin d'elle. Je me sentais plus fort en sa présence. Elle me rappelait que je n'étais pas seul au monde. Que d'autres étaient passés par là, eux aussi. Que je pourrais devenir celui dont ma mère avait besoin… dont mon père avait besoin.

– C'est ça. N'importe quoi. Pas le temps pour ces merdes, dis-je en prenant la direction opposée.

Ce fut là que surgit Raleigh.

– Tu n'as pas appelé du week-end, marmonna-t-elle avec une moue boudeuse.

Je n'avais pas appelé, parce que je n'avais pas besoin d'elle.

– Tu semblais être passée à autre chose vendredi soir, marmonnai-je en l'écartant pour reprendre mon chemin.

– Je voulais te rendre jaloux. Tu m'as encore lâchée, West. Tu ne penses jamais à moi.

Elle avait raison, je ne pensais pas à elle. Je ne correspondais pas à ce qu'elle attendait de moi. Au début, elle m'avait attiré ; elle était drôle, jolie, je ne pensais plus à mon père quand on était ensemble. Mais ça n'avait duré qu'un temps. Bien vite, ça n'avait plus été qu'une histoire de sexe.

Elle me permettait d'oublier. Je m'en voulais, bien sûr, mais ça semblait lui convenir. Elle aimait bien être ma copine.

À présent, je voulais bien reconnaître qu'elle méritait mieux. Il était temps de la libérer, de la laisser se trouver un mec qui la rende heureuse. Nous ne faisions que nous disputer.

– Je ne suis pas un mec pour toi. J'oublie toujours de m'occuper de toi, Ray. Je ne pense jamais à toi. C'est comme ça. Alors, va te trouver quelqu'un qui te convienne mieux. Avec moi, tu ne seras jamais heureuse.

Pas de regard désespéré. On n'était pas amoureux. Même si elle passait son temps à dire qu'elle m'aimait, je savais qu'il n'en était rien. Qui pouvait aimer un taré comme moi ?

– Je t'aime, dit-elle comme si elle lisait dans mes pensées.

– Mais non ! Je n'en vaux pas la peine. Alors, on arrête là. Avec moi, tu seras toujours déçue. Cette fois, c'est vraiment fini. Cherche-toi un mec qui te corresponde. Tu le mérites. Et ce ne sera pas moi. Pas pour toi. Ni pour personne.

Sans attendre sa réponse, je me rendis à mon cours.

En m'asseyant à ma place, je me rendis compte que j'avais dit la vérité à Raleigh. Je ne pouvais en vouloir à Brady de vouloir protéger Maggie de moi. Mais il nous laisserait peut-être devenir amis. J'avais juste besoin d'une amie pour le moment. Pas d'une petite copine.

Comment le lui expliquer ?

CHAPITRE 11

J'étais contente de ne pas être tenue de parler

Maggie

J'entrai dans la cafétéria. Pas la peine de m'affamer dans la bibliothèque. Au bout d'une semaine dans ce lycée, je me sentais à l'abri. Je voyais comment se déroulaient les choses, je savais à quoi m'attendre. Je n'avais plus l'impression que tous les regards restaient braqués sur moi.

Enfin, il n'y avait pas que ça. À vrai dire, j'avais envie de voir West. Il n'était pas passé par son casier depuis ce matin et, quand je l'avais croisé dans le couloir, il regardait droit devant lui. Et si j'allais droit à la catastrophe en refusant de l'aider ? Peut-être ne pourrais-je parler que lorsqu'il en aurait besoin. Peut-être était-ce le chagrin de West qui m'avait permis de parler sans perdre pied.

Les jours qui avaient suivi la mort de ma mère, je m'étais réfugiée dans un coin et hurlais chaque fois que quelqu'un s'approchait. Je savais que c'était dingue, mais je ne pouvais m'en empêcher. Une peur indescriptible m'habitait. J'étais trop affolée pour supporter qu'on me parle ou qu'on m'approche.

Lorsque je parvins enfin à m'arracher à mon refuge, à cesser de revivre sans cesse mon cauchemar, je pus me remettre à fonctionner. Mais je n'arrivais toujours pas à parler. Ce fut ce qui me sauva. Je tiendrais le choc du moment que je n'entendrais plus le son de ma voix.

– Alors, ce rendez-vous dont on a parlé au stade ?

Je me retournai pour voir Charlie qui me souriait, lui aussi dans la file d'attente.

– Je t'ai cherchée partout après le match, vendredi soir.

Parce que mon oncle et ma tante m'ont embarquée avec Brady.

– Comme tu n'as pas de carnet sous la main, c'est moi qui vais parler, continua-t-il. Si tu es d'accord, on pourrait passer la journée de samedi à Nashville ? C'est juste à une heure de route. Il y a des restaurants super et j'ai des billets pour aller écouter de la country le soir.

En bonne fille du Sud, j'adorais la country, mais une journée entière avec Charlie… à Nashville ? Je ne savais pas trop si mon oncle et ma tante seraient d'accord.

– Réfléchis-y. Je te promets qu'on va s'amuser. Et je parle suffisamment pour deux.

J'allais sourire quand mon regard se bloqua sur une personne qui me fixait. West.

Il était assis à la table de Brady, avec les autres joueurs de l'équipe. Ils avaient pu entrer les premiers afin d'aller ensuite s'entraîner.

– Tu connais West Ashby ? Bon, oui sans doute, puisque c'est le meilleur ami de ton cousin.

Je détachais mes yeux de ceux de West pour suivre la file qui avançait. J'étais venue pour lui et il se trouvait bien là. Apparemment, je n'étais plus invisible. Il avait sans doute oublié que je ne lui avais pas adressé la parole ce matin.

– Tu rejoins quelqu'un à table ? me demanda Charlie.

Je fis non de la tête.

– Alors, tu veux me tenir compagnie ?

Je réfléchis à la chose. C'était un gentil garçon, qui acceptait que je ne lui parle pas. Je hochai la tête.

– Génial ! répondit-il en souriant.

Nos plateaux dans les mains, après avoir choisi ce qu'on voulait, on se mit en quête d'une table libre. Je le suivis, car je ne voyais pas du tout où aller. Par chance, il avait sa table habituelle où déjeunaient déjà quelques élèves qui l'accueillirent gentiment. J'allais donc rencontrer les amis de Charlie.

– Salut les gars, voici Maggie. Maggie, voici Shane.

Il désigna un rouquin frisé qui portait de grosses lunettes.

Ensuite, ce fut May, une petite brune aux cheveux courts et au sourire un peu forcé. Elle ne devait pas être contente de me voir – une autre fille qu'elle…

Puis il y eut Dick, un grand brun aux yeux verts amusés.

– Maggie et moi, on a fait connaissance vendredi à la rencontre du stade, et j'essaie de la convaincre de venir avec moi, samedi, à Nashville.

Les épaules de May s'affaissèrent, son regard s'enflamma.

– Tu l'emmènes voir Dierks Bentley ? demanda-t-elle l'air horrifié.

– Ouille ! ricana Dick.

Sans relever ces réactions, Charlie garda son sourire et me fit signe de m'asseoir près de lui.

– Bien sûr, dit-il. Elle va adorer.

Shane pouffa de rire avant de boire une gorgée de lait. Il semblait que Dick et lui aient du mal à se contrôler. Pourtant, Charlie ne réagissait toujours pas.

– Hou là ! souffla Dick en laissant tomber son sandwich sur le plateau.

– Quoi ? demanda Charlie.

Je me retournai en même temps que lui.

Brady.

Il arrivait vers nous, l'air mécontent, la mâchoire serrée.

– Maggie, commença-t-il en prenant place à ma droite.

Je ne le quittais pas des yeux. Qu'est-ce qu'il fichait ?

– Et c'est pas fini, murmura Shane.

Suivant son regard, cette fois je vis West apparaître. Il me regardait attentivement et ne paraissait pas content.

Quand son plateau atterrit en claquant sur la table, tout le monde sursauta, sauf Brady.

– Qu'est-ce que tu fiches ? lui demanda-t-il.

– Comme toi.

– Je m'assure que ma cousine n'a pas d'ennuis.

West se tourna vers moi, et son regard s'adoucit.

– Moi aussi.

Brady lâcha un juron, ce qui arracha un sourire narquois à West alors qu'il mordait dans son burger. J'avais pris l'habitude de voir Brady un brin trop protecteur, mais West ? Je ne comprenais pas ce qu'il faisait là. Parce qu'on avait bavardé ? Nos aveux mutuels ne faisaient pas de lui mon défenseur attitré. Je n'avais pas besoin de leur aide pour me sentir à l'abri. Surtout avec ce gentil Charlie.

– Super, marmonna May. Maintenant, on a toute l'équipe de foot à table.

Brady et West préférèrent ne pas relever.

– Alors ? s'enquit Dick, c'était comment le match de vendredi ?

Brady lui jeta un regard excédé, puis se remit à manger.

– Je ne crois pas qu'ils soient venus là pour nous parler, laissa tomber Shane.

Personne ne dit plus rien pendant un moment. Quant à moi, j'avais l'habitude des silences pesants mais, pour une fois, j'aurais aimé que Charlie se montre plus bavard.

– Tu es déjà allée à un concert de country ? me demanda-t-il.

– Non, intervint Brady en me voyant secouer la tête.

Je me tournai vers mon cousin qui mangeait avec appétit.

– Tu vas voir, tu vas aimer, m'assura Charlie, pas dérouté du tout.

– Je n'arrive pas à comprendre comment tu peux l'emmener là-bas, maugréa May. Tu la connais à peine. Tu savais pourtant que je rêvais d'assister à un concert de Dierks Bentley.

Charlie me jeta un regard où je pus lire un rien de contrariété. Il n'avait visiblement pas envie de laisser tomber May. Pourquoi m'avait-il invitée, alors ? Je ferais mieux de ne pas y aller.

– Elle ne va nulle part avec toi, reprit Brady d'un ton sec.

Dans ces moments-là, j'étais contente de ne pas être tenue de parler.

CHAPITRE 12

C'est douloureux, la fin

West

Ce soir, les garçons allaient regarder la vidéo du match de vendredi chez Brady. Sa mère allait préparer des tacos et un gâteau au chocolat. Comme chaque fois. Ça se passait ainsi toutes les semaines pendant la saison de football.

Je n'avais pas l'intention de m'y rendre. Aujourd'hui avaient commencé les soins palliatifs. Ça me sembla plus dur que je ne l'aurais cru. Papa avait tellement eu besoin d'antidouleur la semaine passée qu'il n'était plus assez lucide pour m'interroger sur le dernier match. Je m'étais quand même assis dans sa chambre pour lui raconter en espérant que, dans son sommeil artificiel, il pourrait m'entendre.

Qu'il serait fier de moi.

Bientôt, je ne pourrais plus m'installer dans sa chambre pour lui parler.

J'avais besoin de m'évader un peu pour oublier cette infirmière inconnue qui s'introduisait chez nous afin de s'occuper de papa tandis que maman lui tenait la main.

Alors je m'enfuis, même si je culpabilisais.

En garant mon pick-up devant la maison de Brady, je me rendis compte que j'étais le dernier. Les autres devaient sans doute croire que je n'allais pas venir. En entrant, j'entendrais des rires et des plaisanteries. Aucun d'entre eux ne devait affronter tant d'inquiétude, tant de chagrin. Ils ne pensaient qu'au foot et à la bonne bouffe.

Je jetai un coup d'œil vers la fenêtre de ce qui avait été la chambre de Brady avant de devenir celle de Maggie. La cousine était-elle en haut ou descendue manger des tacos avec les garçons ? À mon avis, si elle avait le choix, elle s'abstiendrait. Mais s'il n'en tenait qu'à Coralee, je dirais plutôt qu'elle serait forcée de prendre place avec eux.

Je ne savais pas grand-chose sur Maggie, mais je l'observais. Au point que je craignais que quelqu'un ne finisse par s'en apercevoir. Néanmoins, ça me faisait du bien de la regarder. Même de loin, elle avait le pouvoir de m'aider à respirer. Je devenais dépendant d'une fille que je connaissais à peine.

Des pas me tirèrent de mes pensées. Je me retournai, et ce fut elle que je vis.

– Brady pensait que tu ne viendrais pas. Tante Coralee l'a pris à part et lui a parlé de ton père. Elle sait. Brady était bouleversé, il voulait venir te voir, mais elle lui a recommandé de te laisser du temps. Et que tu lui raconterais sans doute tout ça toi-même.

Sa douce voix me fit chaud au cœur. Je n'avais plus l'habitude de ce genre de sensation. Je vivais depuis trop longtemps dans le froid.

Elle avait passé ses longs cheveux derrière les oreilles et contemplait la maison tout comme moi. Sa seule présence me procurait une paix infinie. Je ne comprenais pas pourquoi, étant donné qu'elle-même devait supporter un tel fardeau.

– Les soins palliatifs ont commencé aujourd'hui, lui dis-je. Cette fois, c'est la fin.

Elle leva la tête vers moi. Avec mon mètre quatre-vingt-deux, je la dominais d'au moins trente centimètres.

– C'est douloureux, la fin, dit-elle simplement.

Elle n'essayait pas d'édulcorer la situation. Elle ne me disait pas d'être fort. Elle était juste loyale, sachant que les paroles ne servaient plus à rien, de toute façon. Je pris sa petite main.

– Horriblement douloureux, répondis-je.

Elle me laissa la tenir et on demeura ainsi, silencieux. C'était ce qu'il me fallait aujourd'hui. Elle, près de moi, qui me comprenait.

– Merci de me parler, murmurai-je.

Retournant sa paume, elle me serra les doigts.

– Je serai toujours là si tu as besoin de parler.

– Tu ne m'as rien dit aujourd'hui au lycée.

– Tu n'en avais pas besoin.

– Oh si ! Tu ne sais pas à quel point.

Comme la porte de la maison s'ouvrait, Maggie se hâta de retirer sa main.

Depuis le perron, Brady inspectait les lieux. Sur le moment, je crus qu'il allait hurler en me voyant avec Maggie. Mais son regard n'exprimait aucune colère, plutôt de la tristesse. Il était triste pour moi. Il traduisait cette compassion dont je ne voulais pas.

– Il t'aime beaucoup, souffla Maggie si bas que Brady ne risquait pas de l'entendre. Il va te dire qu'il est triste pour toi. Laisse-le.

Laisse-le.

Autrement dit, je devrais le laisser s'apitoyer sur mon sort. Parce qu'il m'aimait. Je pouvais effectivement le laisser compatir. Il le fallait. Impossible de l'en empêcher. Tout en sachant qu'une personne comprenait ma douleur mieux que quiconque. Et c'était bien comme ça.

– Reste avec moi, demandai-je à Maggie sans quitter son cousin des yeux.

– D'accord, répondit-elle doucement.

Brady arrivait à notre hauteur. Elle ne bougea pas. Il ne lui jeta qu'un bref coup d'œil, mais revint vite sur moi. Il ne devait pas savoir quoi me dire. Je m'en doutais, car à sa place, je n'en aurais rien su non plus.

– Ça va ? demanda-t-il d'un ton inquiet.

Comme si je risquais de m'effondrer à tout instant. Je hochai la tête.

Inutile de le mettre encore plus mal à l'aise.

Poussant un grand soupir, il se passa la main dans les cheveux, regarda de l'autre côté de la rue. Il réfléchissait. Il voulait que je lui parle, je m'en doutais, mais que ferait-il ensuite ? Me dire qu'il était désolé ? Qu'il serait toujours là si j'avais besoin de lui ? Ne savait-il pas que de telles paroles ne servaient à rien ? Il ne pouvait rien pour moi.

– Il est malade depuis près de dix-huit mois, finis-je par reconnaître. Depuis deux mois, ça s'est aggravé. Les médecins l'ont renvoyé à la maison, parce qu'il n'y avait plus rien à faire.

Il ferma les yeux, inhala par le nez. J'attendais qu'il parle, car je ne voyais pas quoi lui annoncer d'autre.

– Pourquoi tu ne nous as rien dit ? soupira-t-il. Au moins à moi ? Ce n'est pas une épreuve que tu dois traverser seul. On aurait tous été là pour toi.

Je sentis les doigts de Maggie m'effleurer la main. Elle essayait silencieusement de m'encourager.

– Je ne voulais pas l'accepter. Encore moins en parler. Ça aurait rendu les choses trop réelles. Je voulais croire que ce n'était pas vrai. Mais maintenant… je ne peux plus. Ça va de plus en plus mal.

Il devait comprendre pourquoi je l'avais laissé ignorer un aspect si important de ma vie. Après tout, c'était mon meilleur ami depuis nos six ans. Il pigerait que c'était ma façon de réagir.

– Qu'est-ce que je peux faire ? me demanda-t-il, l'air peiné.

Jusque-là, rien du tout. Mais, à présent, il se trouvait près de quelqu'un dont j'avais besoin. Quelqu'un qui pouvait m'aider.

– Me laisser devenir l'ami de Maggie. Juste un ami. Elle m'a aidé comme personne d'autre n'aurait pu le faire.

Je la vis écarquiller les yeux. Elle ne s'attendait pas à ça. Ce qui rendait trop mignon son ravissant visage. J'eus presque envie de rire.

– Tu veux être l'ami de Maggie ? Je ne comprends pas.

Bien entendu. Mais elle ne lui avait jamais parlé non plus. Il ignorait à quel point le son de sa voix pouvait apaiser la douleur. Il ne savait pas que j'avais besoin avant tout de quelqu'un à qui parler, qui pouvait comprendre ce que j'endurais. Je n'avais pas besoin de discuter avec lui ni avec les garçons. Ils ne captaient pas. Maggie oui.

CHAPITRE 13

Tu n'as qu'à ne pas être aussi jolie

Maggie

Je contemplais le visage de Brady ; il nous regardait l'un après l'autre, comme s'il n'entendait pas bien ce que West lui disait. Je devais reconnaître que j'étais aussi surprise que lui. West voulait être mon ami. Parce que je l'avais aidé. Comme nul autre ne le pourrait.

Mon cœur se réchauffait, battait même un peu plus fort.

– Tu ne peux pas comprendre. Ni toi ni personne. À part Maggie. Elle m'a beaucoup aidé, ces jours-ci. Pour le moment, j'ai juste besoin de lui parler.

Cette fois, mon cœur se serra. Je dus me rappeler que West avait dit « juste un ami ». Pas « j'aimerais l'embrasser encore ».

Il souffrait et il aimait me parler. C'était tout.

– Elle… euh… ne parle pas, dit Brady en me jetant un regard, l'air de s'excuser.

J'attendis. Pourvu que West ne lui dise pas que je parlais. En même temps, comment expliquerait-il vouloir devenir mon ami ?

– Elle communique à sa manière, et ça me va comme ça, rétorqua-t-il.

Je faillis pousser un soupir de soulagement. Si tante Coralee apprenait que je parlais à West, elle voudrait que j'en fasse autant avec elle.

– D'accord, finit par dire Brady en serrant les lèvres. Oui… si vous voulez être amis, ça me va. Mais juste amis. Surtout…

Il se tut, et je sentis West se crisper.

– Elle ne risque rien avec moi. Je la respecte et je ne laisserai jamais personne lui faire de mal.

Nouveaux battements de cœur. Il voulait qu'on soit amis. Moi aussi. J'en avais autant besoin.

Brady parut le croire.

– Bon. Tu entres ? Maman a fait un gâteau au chocolat.

– Oui, répondit West en se penchant vers moi. Tu aimes le gâteau au chocolat ?

J'hésitai, puis hochai la tête. Je ne voulais pas me mêler de la vie de Brady, mais West tenait à ce que je vienne, et moi j'avais envie de rester auprès de ce garçon qui ne se comportait plus du tout comme j'aurais pu le redouter. Il n'était ni dur ni cruel. Il ne dressait aucune façade devant qui que ce soit. C'était finalement la personne que j'avais vue en lui quand il m'avait embrassée.

– Alors, on va s'offrir une part du délicieux dessert de Coralee.

Brady rentra, et West me fit signe de le suivre puis m'emboîta le pas.

Je pourrais manger un peu de gâteau avec West avant de monter dans ma chambre, laissant Brady seul avec ses amis. Ainsi, je leur faisais plaisir tout en me protégeant. Quand bien même je voulais de tout mon cœur aider West, car je savais ce que c'était de traverser seul ce genre d'épreuve, je n'abaisserais pas complètement ma garde.

Tandis que Brady se dirigeait vers la mansarde, tante Coralee sortit de la cuisine et sourit en apercevant West. Sourire triste, mais qui disait tout de même combien elle était contente de le voir. Je savais qu'elle s'inquiétait pour lui.

– West, mon chéri, ça fait plaisir de te retrouver. Tu m'as manqué cet été. On ne te voit pas assez souvent.

Elle le serra dans ses bras, puis recula et me regarda.

– Te voilà rentrée de ta promenade, dit-elle gentiment. Maintenant que tu as brûlé des calories, tu veux prendre une tranche de gâteau avec moi dans la cuisine ?

– En fait, elle va en manger avec nous dans la mansarde, intervint Brady.

– Parfait ! s'exclama tante Coralee avec un large sourire. Eh bien, c'est magnifique ! Je vais vous monter du lait frais et deux autres verres.

Là-dessus, elle retourna dans la cuisine.

– Je crois qu'elle est contente, me souffla Brady.

Et cette fois je lui souris, car il avait raison.

West me passa une main dans le dos puis m'emmena dans la mansarde où les copains de Brady étaient vautrés dans des canapés.

– Maggie ! lança Nash, un ballon à la main.

C'était la première fois qu'il me parlait depuis que je lui avais envoyé ce SMS. Sur le coup, il dut oublier qu'il ne voulait plus m'adresser la parole.

Gardant sa main dans mon dos, West m'avait conduite vers la table.

À l'évidence, Brady n'avait pas prévenu ses potes de ce qui arrivait à son ami. Aucun ne paraissait s'inquiéter pour lui ou se demander quoi lui dire. J'en fus soulagée pour lui. Il venait de faire face à Brady et à tante Coralee. Il avait besoin d'une pause.

– Donc, voici Maggie… avec West, balbutia Nash puisque personne ne disait rien.

Cette fois, Brady s'adressa à la cantonade :

– Maggie et West sont amis. Juste amis. Et c'est très bien comme ça.

Silence pesant, puis West me présenta une chaise. Une fois que je fus assise, il considéra ses potes et coéquipiers toujours en train de nous dévisager comme s'ils ne savaient pas quoi penser.

– C'est mon amie, les informa-t-il. Il faudra vous y faire.

Il s'assit à son tour, se pencha vers moi.

– Désolé, ils se comportent comme des imbéciles. Ils n'ont pas l'habitude de me voir avec une amie fille. Et Brady avait dit pas touche. Alors, ils essaient de comprendre.

Je fis oui de la tête. Bien que, maintenant, j'aie une envie folle de courir dans ma chambre.

– Voici encore du lait et du gâteau, annonça tante Coralee.

Les garçons se remirent à regarder la télé et à bavarder. Je ne me retournai pas pour vérifier si Nash jouait toujours avec son ballon ou s'il nous regardait encore.

– Elle ne mange pas assez, continuait tante Coralee à l'adresse de West. Vérifie bien qu'elle vide son assiette.

– Oui, Madame, répondit-il en me servant.

Quand elle fut partie, il me sourit.

– Il faut te détendre. On dirait que je te force à rester là. Ils s'en remettront, t'inquiète.

Je baissai la tête pour que personne ne voie ma bouche.

– Je sais, répondis-je tout bas. Mais je n'aime pas qu'on me regarde.

Il se coupa une part de gâteau en riant.

– Tu n'as qu'à ne pas être aussi jolie.

Mon cœur se serra de nouveau. Comment pourrais-je encore avaler quelque chose ?

CHAPITRE 14

Tu en as, des regrets ?

West

Maggie était repartie dans sa chambre quand on lança l'enregistrement du dernier match. J'étais tellement absorbé par la critique de nos diverses actions que je n'avais pas remarqué qu'elle était sortie.

Je ne cherchai pas à la rejoindre – je savais qu'elle voulait se retrouver seule. Déjà, elle n'était montée que pour me faire plaisir.

Mais, à présent, je n'avais plus la tête au football. Je pensais à mon père, au fait que je m'étais absenté trop longtemps. Je voulais retourner à la maison, essayer de lui parler, même s'il ne me répondait pas. L'important était que je reste près de lui.

La fin approchait, et ce ne serait pas facile.

Je me levai, m'approchai de Brady, lui murmurai que je rentrais chez moi et lui demandai de m'envoyer par texto le numéro de Maggie. Les autres étaient tellement pris par le match qu'ils ne s'aperçurent de rien.

Je n'avais pas encore atteint mon pick-up quand mon téléphone tinta. Brady venait de m'envoyer un SMS. Je me serais plutôt attendu à ce qu'il me dise de me débrouiller, mais non, il me faisait confiance. Je tâcherais de m'en montrer digne.

Ça faisait du bien de savoir que je pouvais appeler Maggie, entendre sa voix si nécessaire. Et je me demandais si le son de la mienne l'aiderait, elle aussi. Elle avait traversé seule une terrible épreuve. Pourrais-je devenir pour elle ce qu'elle représentait pour moi ?

En ouvrant la portière, je levai les yeux vers sa fenêtre. Maggie était assise sur le rebord de la fenêtre, les genoux repliés sous le menton, en train de me regarder. Je levai la main pour lui adresser un signe, et elle m'en fit un à son tour. Puis je portai mon téléphone à mon oreille et tendis l'index vers elle.

Pour m'assurer qu'elle comprenait, je lui écrivis un rapide texto :

C'est moi. Brady m'a donné ton numéro. Si j'appelle, tu me répondras ?

J'appuyai sur envoi, relevai la tête. Elle ouvrit son téléphone, tapa quelque chose.

Oui. Si tu as besoin de moi, je répondrai.

Ça me suffisait. Je hochai la tête et grimpai au volant, prêt à affronter ma réalité. J'allais m'asseoir auprès de papa. Je lui raconterais comment nous avions regardé le match avec les garçons. Et je lui parlerais de Maggie. Elle lui plairait.

En entrant dans la maison, je fus accueilli par un profond silence. L'infirmière était partie depuis longtemps. Je fermai la porte et vis un mot de maman sur la table, disant qu'elle m'avait préparé un sandwich qui m'attendait dans le réfrigérateur. Papa l'avait réclamée, alors elle était allée se coucher auprès de lui.

Je n'avais pas faim. J'avais déjà mangé deux parts de gâteau et, comprenant que je ne verrais pas papa ce soir, je ne tenais pas à dîner. Sauf que maman s'inquiéterait si elle trouvait le sandwich intact demain matin. Alors, je me versai un grand verre de thé glacé et emportai le tout dans ma chambre. J'essaierais de manger un peu avant de dormir. En tout cas, je m'arrangerais pour qu'elle ne voie pas que je n'y avais pas touché.

Après avoir déposé le plateau dans ma chambre, je ressortis et m'approchai doucement de la porte des parents. Pas un bruit. D'habitude, mon père ronflait, mais ça ne lui était plus arrivé depuis un moment. Moi qui, auparavant, me bouchais les oreilles pour essayer de dormir, j'en arrivais maintenant à souhaiter de nouveau l'entendre. Au moins, je serais sûr qu'il respirait encore.

Mon cœur se serra à l'idée qu'il cesserait bientôt de respirer. La panique qui me saisit me dessécha la gorge et je restai sans souffle. Je regagnai ma chambre sans faire de bruit pour ne pas déranger ma mère. Une fois que j'eus refermé ma porte, j'y plaquai les deux mains, renversant la tête en arrière pour essayer d'inhaler un peu d'air.

J'allais le perdre.

Je le savais, mais bon sang, qu'est-ce que ça faisait mal !

Chaque fois que je laissais cette pensée m'envahir, mes émotions prenaient le dessus. Mon corps se mettait à trembler, les larmes brouillaient ma vue. Comment allais-je poursuivre ma vie sans mon père ? J'avais besoin de lui. Nous avions besoin de lui.

Je respirai un grand coup, toussai pour m'éclaircir la gorge puis allai me jeter sur mon lit. Je sentis mon téléphone dans ma poche et aussitôt le visage de Maggie se dessina dans mon esprit. Sans plus y réfléchir, je l'appelai.

Elle répondit à la deuxième sonnerie.

– Allô, dit-elle doucement.

Il était tard, mais je savais que les garçons étaient encore chez Brady.

– Tu dormais ? lui demandai-je.

– Non. Je suis toujours assise au même endroit.

Je fermai les yeux pour l'imaginer sur le rebord de sa fenêtre. Perdue dans ses pensées. Dans sa solitude. Elle avait passé à peu près tout son temps, ces deux dernières années, enfermée en elle-même. Sans parler aux autres. Je n'aimais pas cette idée. La notion de solitude me faisait mal.

Je comprenais, mais j'aurais voulu être là pour elle comme elle l'était pour moi. Peut-être pourrais-je être maintenant cet ami dont elle avait besoin.

– Il t'est arrivé de ne plus pouvoir respirer ? Quand la douleur devient si intense qu'elle te prend à la gorge ?

– Oui. On appelle ça une crise de panique. J'en ai eu beaucoup. Mais c'est fini depuis que je vis ici.

Ainsi, je ne perdais pas la tête. C'était normal.

– Comment tu réagissais ?

– Au début, j'attendais que ça passe, soupira-t-elle. Une fois, j'ai failli m'évanouir à force de garder ma respiration bloquée. Et puis j'ai appris à penser à des choses agréables. Ça m'apaisait. Je refusais de me laisser dominer par la douleur. Je finissais par me détendre et pouvais de nouveau respirer.

C'était elle qui m'apaisait. Comme rien ni personne n'y était parvenu depuis longtemps.

– Tu as peur de fermer les yeux la nuit ? lui demandai-je.

– Oui. Parce que je sais que le cauchemar va venir. Et il finit toujours par arriver.

– Moi aussi. J'ai peur que mon père ne se réveille pas demain.

Elle ne répondit pas tout de suite. On s'écoutait respirer. Et ça nous suffisait.

– Ça arrivera un jour, West. Et ce sera terriblement dur. Mais tu peux profiter au maximum du temps qui vous reste. Parle-lui, même s'il ne peut pas te répondre. Tiens-lui la main. Dis-lui tout ce que tu veux qu'il sache. Comme ça, quand il sera parti, tu n'auras pas de regrets.

Sa mère lui avait été arrachée du jour au lendemain, de même que son père, à la suite de cet acte abominable. Maggie avait tout perdu en un seul instant. Elle ne se trompait pas. Il me restait encore le temps de faire le nécessaire pour ne pas avoir de regrets.

– Tu en as, des regrets ? lui demandai-je.

Je connaissais déjà la réponse. Je l'entendais dans sa voix.

– Oui. Énormément.

Il m'était douloureux d'imaginer la douce Maggie vivre une telle épreuve.

– Je suis sûr que tu étais la fille dont toute mère rêverait. La tienne devait être très fière de toi.

Elle ne répondit pas tout de suite et j'eus peur de l'avoir trop poussée à parler. Je m'appuyais sur son chagrin pour oublier le mien. Je n'avais pas été assez prudent.

– Deux heures avant la mort de ma mère, je lui ai dit qu'elle me gâchait la vie, s'esclaffa-t-elle dans un rire amer. Tout ça parce que je voulais me rendre à une soirée qu'une amie donnait chez elle ; or, ma mère estimait que ça manquait d'adultes pour nous surveiller. Et moi, j'avais trop envie d'y aller. En me l'interdisant, elle provoquait la fin du monde. La pire des choses qui puisse m'arriver ; si seulement j'avais su que, deux heures plus tard, je la perdrais…

Je fermai les yeux et sentis ses regrets peser en moi comme si c'étaient les miens. Elle avait quinze ans quand ça lui était arrivé, elle voulait alors grandir et se développer. Elle se conduisait comme toutes les ados de son âge. De mon côté, je n'avais pas à me sentir plus fier. C'était atrocement injuste qu'elle ait perdu ainsi sa mère, sans avoir pu rien prévoir. Avant de pouvoir s'excuser, de se réconcilier avec elle.

– Elle savait que tu ne le pensais pas.

Je ne voyais pas quoi dire d'autre.

– Je l'espère bien. N'empêche que ça reste mon plus grand regret, répondit-elle.

CHAPITRE 15

Non, mais quelle menteuse !

Maggie

Je m'éveillai avec mon téléphone près de moi sur l'oreiller et restai plusieurs minutes à le regarder. J'avais parlé plus de trois heures avec West cette nuit. Jusqu'à m'endormir d'un coup. Si je n'avais aucun mal à entendre ma propre voix quand je savais qu'il avait besoin que je lui parle, l'idée de parler à quelqu'un d'autre me terrifiait encore.

J'avais trop longtemps cru que le seul son de ma propre voix me renverrait dans mon coin, à hurler sans plus pouvoir m'arrêter. Mais non. Je parlais à West sans difficulté. Cette nuit, j'avais abordé des sujets dont je croyais ne plus jamais vouloir discuter. Sans crise de panique, sans me recroqueviller sur moi en gémissant.

Mais étais-je prête à parler aux autres ?

Non. Je leur avais adressé les dernières paroles que j'échangerais jamais avec eux.

Je ne voulais pas qu'on me pose les mêmes questions que West. Je ne voulais pas qu'on m'interroge dans un tribunal où je devrais faire face à mon père. Cet homme qui avait assisté à toutes mes séances de pom-pom girl. Qui avait applaudi si fort au théâtre de l'école quand j'étais apparue en ours alors que je voulais tenir le rôle de Boucle d'Or. Qui m'avait chanté « Joyeux anniversaire » déguisé en Superman avec un gâteau Marvel dans les mains l'année où j'avais commencé à me passionner pour les super-héros. Cet homme était mort à mes yeux. Il avait gâché tous mes meilleurs souvenirs. C'était désormais quelqu'un d'autre pour moi. Quelqu'un que je ne pouvais voir et dont je ne pourrais parler.

Car si je recommençais à communiquer, on m'interrogerait aussitôt sur lui. Sur ce que je l'avais vu faire. Comment il m'avait supplié de lui pardonner alors que je criais à ma mère de se réveiller. Et je ne pouvais pas faire ça. Je n'étais pas prête. Je doutais de jamais l'être. Toute ma vie, j'avais vu mon père maltraiter ma mère, verbalement et parfois physiquement. Après quoi, il lui achetait des bijoux ou des fleurs et nous répétait à toutes les deux combien il nous adorait. J'avais le cœur retourné au seul souvenir de sa voix quand il nous appelait « mes filles ».

Brady gara son pick-up devant le lycée mais, au lieu d'en sortir, il se tourna vers moi. J'étais restée toute la matinée perdue dans mes pensées.

– West est mon meilleur ami depuis qu'on était tout petits. Je l'aime comme un frère. Je suis désolé qu'il vive des moments si pénibles avec la maladie de son père. Mais, comme moi, il ne laisse pas trop les gens s'approcher de lui. Il ne se confie pas facilement aux gens. Sauf à moi. Enfin jusqu'à maintenant. Bon, il t'a révélé ses secrets. Je crois qu'il est sincère quand il dit qu'il ne recherche que ton amitié. Mais j'ai peur que tu ne t'attaches trop à lui. Tu as vécu tes propres épreuves, Maggie. Je ne veux pas qu'il profite de la situation. Je comprends qu'il ait besoin de toi en ce moment, de parler à quelqu'un qui ne répond pas… Mais ne le laisse pas te faire du mal, d'accord ?

Je songeai à mon attirance pour West. Difficile de ne pas se laisser tenter par un mec pareil. Mais je n'allais pas prendre son besoin de se confier pour plus que ça n'était. Je savais qu'il ne voyait rien d'autre en moi qu'une confidente. À croire qu'il avait même oublié notre baiser. Pour lui, ça n'avait rien représenté et je lui avais pardonné sa cruauté du début. Je comprenais qu'il en avait rajouté parce qu'il souffrait. À présent, il ne cherchait plus à me punir, et j'en avais presque du mal à garder mes distances.

Je hochai juste la tête. Sympa, Brady, de vouloir ainsi me protéger.

Il ouvrit sa portière. Fin de la conversation. Je saisis mon sac à dos et me dirigeai vers le bâtiment.

Je mentirais si je ne disais pas que j'avais une boule dans l'estomac à l'idée de voir West. La nuit dernière avait été extraordinaire mais aussi très difficile. Malgré les avertissements de Brady, je me sentais toute frétillante.

Je m'arrêtai à proximité des casiers, et mon enthousiasme s'évanouit sur-le-champ. West était bien là, mais avec une fille. Une pom-pom-girl. Je l'avais vue au match de lancement. Longs cheveux blonds parfaitement bouclés, elle se mordait la lèvre et battait des cils. Mais ce qui m'interpella, c'était la réaction de West. Il ne m'avait jamais regardée comme ça. Comme s'il voulait la dévorer toute crue.

Elle lui posa une main sur la poitrine, et il la couvrit de la sienne. Là, c'était trop. Tant pis, j'allais emporter tous mes livres au premier cours, je reviendrais les ranger plus tard.

Je me précipitai vers la salle de classe en essayant de ne plus penser à ce que je venais de voir. West avec une autre fille. Bon, je l'avais surpris plusieurs fois avec Raleigh mais, cette fois, ça faisait plus mal. Réaction idiote et sans doute injuste de ma part car, en tant qu'amie, j'aurais dû être ravie de le voir sourire et cligner des yeux devant une fille au lieu de s'enfoncer dans son chagrin.

Alors que je m'asseyais à un bureau vide, les paroles de Brady me revinrent à l'esprit. Il fallait que je reste prudente. West ne désirait que mon amitié. Je ne devais plus songer à autre chose.

Et je devais cesser de flipper comme ça. Cette blonde pourrait peut-être m'y aider.

M. Trout entra dans la salle en avance, suivi de tous les élèves qui attendaient encore dehors. Gunner Lawton, un ami de Brady, entra après Ryker Lee. Ce dernier me sourit avant d'aller rejoindre son copain au fond de la salle. Les joueurs de foot se plaçaient toujours les uns à côté des autres.

Au cours suivant, j'allais devoir affronter Charlie. Après le fiasco d'hier, je n'y tenais pas spécialement mais je n'avais pas le choix. Au moins, à ce premier cours, on ne me parlait pas. M. Trout était de ces professeurs qui se croyaient obligés de crier pour que je puisse les entendre. Je faisais toujours de mon mieux pour ne pas attirer son attention.

Mon téléphone vibra dans ma poche. Après m'être assurée que M. Trout mangeait encore son petit déjeuner en lisant son journal à son bureau, je regardai mon écran pour voir qui m'écrivait. En général, je ne recevais pas de textos durant les cours. La dernière fois, c'était quand Nash avait essayé de me joindre.

Je ne t'ai pas vue à ton casier aujourd'hui. Brady a dit que tu étais là. Ça va ?

C'était West. Il n'avait donc pas dû me voir, trop occupé par cette pom-pom girl. Et zut ! je recommençais. Je ne devais pas voir les choses de cet œil si je voulais qu'on soit amis. Il avait besoin d'une amie. Mais c'était trop dur. Je n'aurais pas cru que ce serait si compliqué de devenir l'amie de West Ashby. Pourquoi n'y avais-je pas songé plus tôt ? J'avais pourtant vu à qui j'avais affaire. Je savais comment il se comportait face à ses tourments intérieurs. Mais quand même… ce n'était pas facile.

Je suis là. Pas eu besoin de passer par mon casier, alors je suis allée directement à mon cours, histoire de finir mes devoirs à temps.

Non, mais quelle menteuse !

Je rangeai le téléphone dans ma poche de peur de me faire surprendre et entamai une liste mentale de ce sur quoi je devrais me concentrer. Des choses qui n'avaient rien à voir avec West. Par exemple, me remettre au piano. Ma mère aimait m'entendre jouer. Elle aurait voulu que je continue.

Le temps que M. Trout ait avalé son muffin et bu son café, je me sentais mieux. J'avais des objectifs qui ne dépendaient en rien de West Ashby.

CHAPITRE 16

Elle ne m'appartenait pas

West

À la fin du premier cours, je me rendis tout droit à mon casier pour y attendre Maggie. J'étais un peu sur les dents de ne pas l'avoir encore vue. Je devrais sans doute apprendre à mieux contrôler ce besoin de l'avoir toujours auprès de moi mais là, j'avais d'autres problèmes à régler. Et puis je m'étais attaché à elle. Rien de mal à ça.

Dans le couloir, un bras se glissa sous le mien. Je sus que c'était Serena avant même de la regarder. Elle avait décidé de me mettre le grappin dessus depuis ma rupture avec Raleigh. Je les avais toujours vues se disputer leurs mecs.

Quand elle était venue me voir à mon casier ce matin, j'avais eu envie de me laisser un peu faire. Avec sa chevelure blonde, elle était trop sexy. Mais au bout de dix minutes de ce petit manège, elle me tapait déjà sur les nerfs avec sa voix haut perchée et ses battements de cils. Ça sonnait trop faux.

– On passe le prochain cours ensemble, me glissa-t-elle en se penchant vers moi. Assieds-toi à côté de moi, tu trouveras ça très agréable.

Je savais bien le genre de chose qu'elle faisait pour rendre un cours agréable. Je l'avais vue plus d'une fois en action. Ça ne me disait rien. Pas aujourd'hui. Je voulais juste voir Maggie.

– Je n'en doute pas, répondis-je.

Pas besoin d'être méchant, non plus. Je voulais juste qu'elle me lâche.

Pouffant de rire, elle me serra un peu plus fort. À me rendre claustrophobe. Je ne pouvais plus respirer. Et puis, où était Maggie ?

Je cherchai dans la foule qui nous entourait. Serena continuait de parler, mais je ne l'écoutais plus. Aucun signe de Maggie.

– Tu cherches quelqu'un ? demanda Serena sans me lâcher.

Je ne voulais pas lui répondre. Je ne connaissais que trop les manœuvres de ce genre de fille. Elle irait aussitôt trouver Maggie pour lui faire comprendre que j'étais désormais chasse gardée, et la douce Maggie ne pourrait pas lui répondre un mot. Serena n'avait aucune notion de l'amitié entre garçons et filles. Elle devait croire que je draguais Maggie. Encore que l'idée de l'embrasser une deuxième fois, de la serrer dans mes bras ne me déplaise pas du tout… j'y avais trop souvent pensé. C'était juste que je ne serais pas à la hauteur. Je n'étais pas le mec qu'il lui fallait, elle méritait mieux que ça.

En revanche, je pouvais être un super-ami.

Un dernier regard à son casier me confirma qu'elle n'était toujours pas là. Je me détachai de Serena.

– Il faut que j'y aille. J'ai un truc à faire. Je sèche le prochain cours.

Là-dessus, j'allai chercher Brady, car il saurait où la trouver. Ce n'était pas le genre de Maggie de trimballer ses livres toute la journée sans passer par son casier.

Dès que je m'engageai à l'angle du hall d'entrée, je la vis, adossée au mur du fond, tirant des livres de son énorme sac à dos. L'intense soulagement qui m'envahit aurait dû m'alerter. Je commençais à ne plus pouvoir me passer d'elle.

En tout cas, je souris pour la première fois de la journée.

Elle se mordait les lèvres, fronçait les sourcils. Dans un ouf essoufflé, elle se redressa pour écarter les cheveux qui lui tombaient sur le visage. Alors qu'elle glissait une mèche derrière l'oreille, nos regards se rencontrèrent.

Une lueur de joie lui traversa brièvement les yeux et je ne m'en sentis que plus heureux. Mais elle se referma très vite et m'adressa un sourire sec avant de se pencher de nouveau sur son sac en rassemblant tous ses bouquins. Que fabriquait-elle ?

Je vins m'agenouiller devant elle pour qu'on se retrouve à la même hauteur. Elle regarda mes pieds avant de relever les yeux sur les miens, et ses joues s'empourprèrent.

– Tu sais qu'il existe des casiers pour ne pas avoir à trimballer une masse de bouquins toute la journée ? dis-je pour la taquiner.

Était-elle gênée qu'on ait discuté cette nuit jusqu'à nous endormir ? Je n'arrivais pas à comprendre comment la fille avec qui j'avais pris tant de plaisir à bavarder essayait soudain de m'éviter. Parce que, maintenant que je l'avais trouvée et qu'elle m'opposait cette réaction plutôt hostile, je comprenais qu'elle n'était pas passée à son casier pour m'éviter.

– Sérieux, Maggie, laisse-moi porter ce sac, qu'on te débarrasse de tout ce barda. C'est trop lourd pour t'en encombrer toute la journée. Sinon, je vais devoir t'emmener chez mon chiropracteur.

Bouclant la fermeture, elle se leva. J'en fis autant mais, avant qu'elle ne saisisse son sac, je m'en étais emparé.

– Allez, dis-je en la poussant devant moi.

Elle se laissa guider jusqu'aux casiers et je fus heureux de pouvoir garder ma main sur ses reins. D'abord, ça me donnait l'impression d'affirmer devant tout le monde qu'elle était à moi. Idée d'autant plus ridicule que ce n'était qu'une amie. Elle ne m'appartenait pas.

Cependant, ça me plaisait assez pour accélérer les battements de mon cœur. Mais non. Il fallait que j'arrête de céder ainsi à mes émotions. Maggie représentait pour moi le calme au milieu de la tempête. Je n'allais pas tout gâcher en imaginant autre chose.

Sans le faire exprès, j'avais gardé en mémoire la combinaison de sa serrure. Si bien que j'ouvris très vite son casier et le remplis de livres.

– Lequel il te faut pour le prochain cours ? lui demandai-je.

Elle se rapprocha de moi, et je perçus une fragance de vanille. Je ne bougeai pas, inhalant avec bonheur non pas un parfum. Juste… Maggie.

Elle sortit un livre, le remit dans son sac à dos que je portais toujours, puis un cahier, et recula. Sa senteur flottait encore entre nous et je me dis que je ferais mieux de vite établir des limites ; par exemple, ne pas chercher à la humer chaque fois que je m'approchais d'elle.

Une fois que ses bouquins furent rangés, je fermai son casier et me retournai vers elle :

– Tu vas me dire pourquoi tu n'es pas passé là ce matin ?

Encore qu'elle ne risquait pas de me parler ici, où tout le monde pourrait la voir.

Elle baissa la tête, haussa les épaules, me regarda. Sans rien dire.

Bon, d'accord. Je comprenais qu'elle préfère ne m'adresser la parole que quand on était seuls. D'ailleurs, moi aussi j'avais envie de me retrouver seul avec elle, même si je risquais d'avoir de plus en plus de mal à me contenir ; quand je pensais au goût de ses lèvres, à la senteur de son arôme… ce ne serait pas facile.

Merde. Il fallait que je me reprenne. Après tout, je pourrais sans doute me défouler auprès de

Serena. Elle jouerait le jeu. Elle n'en demandait pas plus, juste un plan sexe et pouvoir s'en vanter.

Je lui repassai une mèche derrière l'oreille. Ce qui ne fit que me tenter davantage. Quand je la regardais ou la touchais, j'avais du mal à désirer autre chose.

– Tu m'as manqué, ce matin. Je t'attends toujours devant les casiers. Quand j'ai compris que tu ne viendrais pas, ça m'a fait de la peine.

La soudaine douceur de son expression métamorphosa son visage et je reconnus enfin la Maggie de la veille, celle qui me faisait confiance.

Sa main caressa la mienne, non pas une mais deux fois. Elle me sourit. Mon cœur se serra. Après quoi, elle tourna les talons et s'en alla.

CHAPITRE 17

Je n'étais pas brisée

Maggie

J'étais anéantie. Ce que j'éprouvais pour West avait largement dépassé le simple penchant que je redoutais déjà pour se transformer en un énorme élan complètement insurmontable. Il était trop gentil. Comment résister à West Ashby quand il se montrait si gentil ?

Il n'était pas revenu aux casiers après la deuxième heure, mais ça lui arrivait assez rarement, car ses cours avaient lieu à l'autre bout du lycée, ce qui aurait risqué de le mettre en retard.

On ne se revit qu'à l'heure du déjeuner. En entrant dans la cafétéria, je regardai directement vers sa table. Il fallut que je me rappelle qu'on était juste amis lorsque j'aperçus la pom-pom girl blonde à côté de lui. Il l'aimait bien, évidemment. Pas de la même façon que moi. Je n'en fus pas irritée, cette fois, juste un peu triste.

Peut-être que si West ne m'avait pas embrassée, si je n'avais pas la sensation qu'il m'avait essayée puis déclassée, j'aurais moins de mal à affronter cette vérité. Mais, quand je le voyais avec une autre fille, ça me rappelait que je n'avais pas été à son goût. Ni plus ni moins. Il voyait en moi une amie, car je comprenais ce que c'était que perdre ses parents.

Son regard se posa sur moi et il m'adressa un clin d'œil. Pourquoi faisait-il ça ? Je m'arrachai un sourire, puis rejoignis la file d'attente. Charlie ne m'avait pas adressé la parole aujourd'hui. Il m'avait juste souri, aussi j'espérais qu'il n'allait pas se pointer pour me demander de m'asseoir avec lui.

Je ne pouvais qu'écouter les conversations autour de moi. J'appris ainsi que la fille avec West s'appelait Serena. Tout le monde disait qu'elle serait la prochaine après Raleigh. J'appris également que celle-ci avait pleuré ce matin, aux toilettes.

J'en fus navrée pour elle. Dur de perdre West Ashby.

Le temps que j'emporte mon plateau, j'avais également appris que Serena et Raleigh étaient rivales depuis longtemps. Ça allait sans doute se terminer par une bagarre à mains nues…

J'allai m'asseoir sans plus regarder dans leur direction. Inutile de me donner en spectacle comme pour les supplier de m'inviter à les rejoindre. À vrai dire, je n'y tenais pas du tout. Aucune envie de les regarder manger. Si bien que je me rendis sur la terrasse pour m'installer à une table de pique-nique.

Ce n'était pas le coin le plus fréquenté. Il faisait trop chaud dehors. En Alabama, l'été se prolongeait largement jusqu'en octobre et les élèves préféraient profiter de l'air conditionné. Je me retrouvai donc seule à ma table, et ça m'allait très bien comme ça. On verrait plus tard si j'étais prête à affronter les températures plus fraîches.

Il y avait cinq tables dehors et quatre d'entre elles étaient occupées par une seule personne. Sur la cinquième, sous les grands chênes, les élèves mangeaient leur sandwich en lisant un bouquin. Ça me convenait. J'y posai mon plateau, sortis le livre que j'avais choisi à la bibliothèque.

– Maggie, ça va pas ? Il fait plus de trente degrés !

La voix de West me fit tressaillir. Je relevai vivement la tête pour le découvrir en face de moi.

Il était si grand. Surtout quand j'étais assise. Les bras croisés et son jean taille basse faisaient ressortir l'étroitesse de son T-shirt sur un corps incroyablement musclé.

Je n'allais pas lui répondre. Il devait s'en douter.

– Viens à l'intérieur. On a de la place à notre table.

Pas question que j'aille déjeuner avec lui et Serena. C'était peut-être puéril de ma part, mais tant pis. Je fis non de la tête.

– Pourquoi ? demanda-t-il en haussant les sourcils.

Haussant les épaules, je contemplai mon plateau intact.

– Allez ! insista-t-il. Si tu ne viens pas, c'est moi qui vais sortir, et j'ai horreur de manger dans cette chaleur.

Ce fut moi qui me renfrognai. Pourquoi voulait-il venir ? Ça m'allait très bien comme ça. J'avais un livre. Personne ne tenait à me voir à l'intérieur, surtout pas Brady. Je levai mon livre pour le montrer à West, le reposai.

Il se mit à rire et ma gorge se serra.

– Tu préfères lire ça que déjeuner avec moi ?

Je hochai la tête.

– Tu me vexes, là, mon chou.

Mon chou... Il venait de me dire mon chou. Bien sûr, je l'avais déjà entendu lancer ça à d'autres filles. Mais jamais à moi. Je n'allais pas lui adresser un sourire niais.

– Tu t'inquiètes pour Brady ? Parce qu'il est tout à fait d'accord pour qu'on soit amis. J'ai même dit à Serena de venir. Il l'a vue. Il sait que je ne te drague pas.

Merci, West Ashby, de me remettre à ma place. J'avais de plus en plus envie de lire mon livre. Je le lui montrai de nouveau avec un sourire contrit.

– Bon, soupira-t-il, fais ce que tu veux.

C'était ainsi que je l'entendais. Il regagna sa place et je me retrouvai de nouveau seule. Tant mieux.

Alors, pourquoi cette solitude me pesait-elle ? S'il était resté à sa table sans venir me voir, je me sentirais parfaitement à l'aise. Maintenant, j'allais avoir du mal à me concentrer sur ma lecture.

Je revis West à mon casier avant le dernier cours. Il demanda si j'avais apprécié mon bouquin. Puis il écarta mes cheveux de mes épaules, avant de s'en aller.

Tante Coralee vint me chercher à la sortie du lycée, comme elle le faisait depuis que Brady avait repris ses trois heures d'entraînement de football par jour. Elle me préparait toujours un goûter qui m'attendait à la maison et me racontait sa journée.

Je l'écoutais en mangeant et, quand elle me posait des questions, je répondais d'un mouvement de la tête. Elle n'en attendait pas davantage et, contrairement à Jorie, ne paraissait pas contrariée que je ne dise rien. Ma marraine n'avait toujours pas pris de mes nouvelles. J'aurais dû m'y attendre. Non pas qu'elle me manque – j'étais plutôt soulagée de ne plus vivre avec elle –, mais elle avait fait partie de ma vie d'enfant. C'était comme une tante pour moi. Je la voyais toujours aux fêtes de famille.

À la fin de mon goûter, je serrai tante Coralee dans mes bras, car elle aimait bien quand je faisais ça, puis je montai dans ma chambre. Oncle Boone n'allait pas rentrer avant plusieurs heures car, à la sortie de son travail, il allait voir Brady s'entraîner. Après quoi, ils parleraient foot pendant tout le dîner. Comme tous les soirs.

Je m'étais habituée à ces rituels et me demandais à quel point je serais mieux intégrée si j'étais venue directement habiter ici après la mort de ma mère. Est-ce que je leur ferais plus facilement confiance ? Je ne serais peut-être pas la même. Je n'aurais peut-être pas tant perdu de la petite fille que j'avais été, et que je ne connaissais plus du tout.

Je n'avais plus de nouvelles de mes anciens amis. Ils avaient cessé de m'envoyer des SMS quelques semaines après les événements. Sans doute avant tout parce que je ne leur répondais pas. Cette année-là, ma meilleure amie et mon petit copain s'étaient rendus ensemble au bal du collège. J'avais vu leur photo sur Instagram. Je m'en fichais. Ils ne comptaient plus moi.

D'ailleurs, je croyais que plus rien ne comptait pour moi. Que j'avais perdu toutes mes émotions, tous mes sentiments. Et West me prouvait que je n'étais pas brisée. Que mon cœur fonctionnait toujours et que je pouvais encore ressentir quelque chose. J'espérais seulement que ce n'était pas juste pour lui.

Je m'allongeai sur mon lit, les yeux au plafond. Il fallait que je retrouve mon calme. West voyait son père mourir. Je savais à quel point c'était douloureux. Il avait besoin d'une amie. Il avait assez de filles autour de lui qui cherchaient autre chose. Inutile de m'aligner sur ce plan, de faire la gueule parce qu'il sortait avec une autre. Je devrais me réjouir qu'elles puissent encore le faire sourire.

Je serais donc l'amie de West. Je ne laisserais pas mon cœur attendre autre chose.

CHAPITRE 18

On ne disait rien de drôle

West

C'était jour de match. Avant, j'adorais le vendredi pendant la saison de football. Papa venait toujours me réveiller et on prenait notre petit déjeuner ensemble en reparlant des diverses parties et de ce que je devrais faire pour gagner.

Ce matin, j'avais été réveillé par un fracas dans la cuisine. Je m'étais levé en hâte pour dévaler l'escalier et trouver maman au milieu de débris d'assiettes. Elle avait levé sur moi un regard baigné de larmes.

– Je voulais… préparer ton petit déjeuner, bafouilla-t-elle. J'ai manqué l'étagère du haut. Ton père me descendait toujours le gaufrier. J'ai glissé et j'ai voulu me rattraper à l'autre étagère qui est tombée avec moi.

Un autre sanglot la secoua.

Je me précipitai pour la serrer dans mes bras.

– Maman, va retrouver papa. Je vais tout ranger. Il a besoin de toi.

Elle hocha la tête contre ma poitrine, étouffa un autre sanglot.

Ainsi avait commencé ma journée.

Avant de partir au lycée, je ne pensais qu'à revoir Maggie au plus vite. J'embrassai maman sur la joue et papa sur le front, tout en lui promettant que ce soir nous allions gagner et que je lui raconterais en rentrant.

Le cœur serré, la gorge sèche, je me disais que si je pouvais voir Maggie, entendre sa voix, je me sentirais beaucoup mieux. Inutile de lui téléphoner, car elle devait se trouver dans le pick-up de Brady et qu'elle ne parlerait pas devant lui. Il fallait donc que je la rencontre en tête à tête. Avant de complètement m'effondrer.

En arrivant, je vis le véhicule de Brady garé devant le lycée. Ça me fit plaisir comme jamais. Je ne perdis pas mon temps à répondre aux élèves qui m'interpellaient. Il fallait que je voie Maggie.

Je me détendis en apercevant sa silhouette devant moi. Elle était là. Je ne voyais plus qu'elle en fendant la foule et je me répétais que j'y arriverais, que je tiendrais le coup. Grâce à Maggie.

– Salut ! lançai-je, essoufflé, en arrivant aux casiers.

J'attendais qu'elle se retourne. C'était fou ce que la seule perspective de la voir me faisait du bien.

Elle ferma son casier et me fit face. Son sourire s'évanouit lentement en examinant mon visage. Elle savait. Je n'avais pas besoin de lui dire quoi que ce soit. C'était ce que je cherchais en elle, sa compréhension instinctive.

Sa petite main se glissa sur la mienne tandis qu'elle me contemplait avec une force paisible, du pur Maggie. J'entrelaçai mes doigts avec les siens et elle étreignit ce qu'elle pouvait saisir de mon poignet.

– Je suis là, murmura-t-elle en remuant à peine les lèvres.

C'était tout ce dont j'avais besoin. Je me sentis mieux respirer.

– Dure matinée, expliquai-je, bien qu'elle l'ait déjà compris.

Elle hocha la tête, et son pouce me caressa la paume. J'aimais bien ce contact. D'un seul geste, elle apaisait tous mes doutes.

– Salut, beau mec !

La voix de Serena brisa le charme, et Maggie s'écarta aussitôt, s'éloigna sans me laisser le temps de dire quelque chose et disparut dans la foule.

Je sursautai en sentant la main de Serena sur mon épaule, furieux qu'elle nous ait ainsi interrompus. Je ne partageais pas beaucoup de temps avec Maggie. Si je devais jouer un match ce soir, il fallait que je me remette les idées en place.

– Qu'est-ce qui se passe ? Tu t'inquiètes pour ton match ? Tu sais que tu seras génial. Comme chaque fois.

J'ouvris mon casier sans lui répondre. Ces deux derniers jours, elle m'avait fait du bien. Quand elle posait les mains ou la bouche sur moi, je ne pensais plus à rien d'autre.

Mais, aujourd'hui, j'aurais préféré la voir s'éloigner. Seule la présence de Maggie pouvait m'aider.

– Qu'est-ce que tu as ? Tu es tout grincheux. Viens aux toilettes, je vais te faire un câlin… Comme hier. Tu as aimé, non ?

Je ne tenais pas à ce qu'elle me rappelle combien je m'étais laissé aller. Si Maggie savait comment je me servais de ce genre de fille, elle serait dégoûtée. Jamais elle ne s'était servie de quiconque pour apaiser son chagrin. Elle l'affrontait seule.

Personne n'avait à souffrir pour qu'elle se sente mieux.

– Pas aujourd'hui, répondis-je. Il faut que je me concentre sur mon match.

Et je plantai là Serena pour me rendre à mon premier cours.

***

À l'heure du déjeuner, j'avais encore loupé Maggie deux fois à cause de Serena qui me rejoignait sans cesse dans le couloir. Je ne pouvais m'empêcher de surveiller l'entrée de la cafétéria afin de voir Maggie entrer. Je savais qu'elle était repartie vers les tables de pique-nique, comme elle l'avait fait à peu près toute la semaine. J'avais bien essayé de la faire rentrer une fois, mais elle ne voulait pas.

Elle préférait lire dehors.

Serena entra la première et vint directement me trouver. Je l'avais bien cherché en la laissant m'approcher mais, à présent, je préférerais qu'elle fasse marche arrière ; on s'envoyait en l'air, on ne formait pas un couple, ce que je lui avais déjà clairement expliqué avant de faire l'amour pour la première fois avec elle. Et cela n'allait pas changer au bout de deux jours.

Mais, à l'évidence, elle voulait me mettre le grappin dessus.

Je me remis à guetter l'entrée de Maggie. Ça me ferait du bien de la voir.

– Alors, Serena et toi ? demanda Brady en prenant place en face de moi.

– Bof, rien de sérieux.

Il s'esclaffa en ouvrant sa cannette.

– Je ne crois pas que ce soit son point de vue.

– Je lui ai pourtant annoncé la couleur dès le début.

– Tu la baises ?

Ça ne le regardait pas, mais je hochai la tête.

– Un acte vaut toutes les paroles, s'esclaffa-t-il.

Il commençait à m'énerver. À quoi jouait-il ? Comme s'il ne couchait pas avec Ivy, alors que tout le monde savait que ce n'était pas sérieux entre eux. Elle n'était qu'un lot de consolation pour oublier la mystérieuse fille avec qui il était sorti cet été. Celle avec qui il était tellement pris qu'on ne le voyait plus. Celle qu'aucun de nous n'avait jamais rencontrée.

– C'est quoi ton problème ? demandai-je agacé.

Sans quitter des yeux l'entrée de la cafète.

Il se pencha vers moi :

– Mon problème, c'est que tu traverses une épreuve très dure en ce moment. Je voudrais t'aider, mais je ne sais pas comment. Et la personne qui joue ce rôle a connu sa propre épreuve, elle n'a pas besoin que tu lui tiennes secrètement la main dans les couloirs tout en baisant ensuite Serena en douce dans les toilettes.

Wouah ! D'accord, il nous avait vus ce matin. Je comprenais maintenant.

– Tu es mon meilleur ami, West. Je n'ai pas idée de ce que tu traverses en ce moment. Mais je sais que Maggie ne mérite pas qu'on se serve ainsi d'elle. Ce n'est pas très loyal, mon pote. Elle a perdu ses deux parents à la fois. De la plus abominable des façons. Alors arrête, s'il te plaît ! Ne lui fais pas de mal.

Serena vint s'asseoir à côté de moi sans me laisser le temps de réagir.

– Prêt pour le match de ce soir ? me demanda-t-elle d'un pur ton de pom-pom girl.

Brady la dévisagea un instant d'un air agacé, puis se mit à manger.

Je ne faisais pas de mal à Maggie. Ce n'était pas comme si elle avait des sentiments pour moi, de toute façon. J'avais fait attention à toujours rester amical avec elle. D'ailleurs, au début, elle ne m'aimait pas du tout. Maintenant, elle me comprenait sans s'attacher pour autant. Elle était trop bien pour moi et le savait certainement. J'avais expliqué à Brady qu'on était juste amis. Donc, je pouvais me taper d'autres filles. Sans faire de mal à Maggie. D'ailleurs, je tuerais le premier qui lui en ferait.

Serena disait quelque chose, mais je ne l'entendis pas car Maggie venait d'entrer dans la cafétéria. Son regard se posa immédiatement sur moi. Elle me sourit, puis se détourna vivement. Comme chaque fois. Elle ne me regardait jamais longtemps, et son sourire n'avait rien d'authentique. Pourquoi ? Avais-je fait quelque chose de mal ?

Asa vint s'asseoir à ma gauche et Gunner à côté de Brady. On se mit bientôt à ne plus parler que du match du soir et je m'interdis de m'inquiéter davantage en voyant Maggie sortir une fois de plus pour déjeuner dehors et lire au soleil. De même que j'ignorais le rire agaçant de Serena. On ne disait rien de drôle. Pourquoi riait-elle ainsi ?

CHAPITRE 19

Tu es beaucoup plus fort que tu ne crois

Maggie

Il faut que je te parle.

Je regardai mon téléphone. Un texto de West. Il semblait bouleversé, ce matin, mais j'étais partie en apercevant Serena. Je n'avais aucune envie de les regarder flirter. Je m'en tenais à mes résolutions en restant juste une amie. Ça ne m'obligeait pas à aimer Serena pour autant.

Jeudi, j'étais aux toilettes quand elle y était entrée avec d'autres pom-pom girls, pour leur raconter comment elle avait taillé une pipe à West dans les toilettes des garçons le matin. C'était vraiment le genre d'image que je voulais chasser de mon esprit.

Même si West et moi étions amis, ça ne m'obligeait pas à fréquenter ses copines, cependant on voyait qu'il souffrait, ces temps-ci. Il avait dû passer une matinée horrible avec son père. Mais maintenant, on allait tous se retrouver au stade pour le match et je n'aurais aucune chance de lui en parler.

Dans le couloir, je m'éloignai de la foule qui se précipitait vers le stade, pour pouvoir répondre à son texto.

D'accord. Tu veux qu'on discute après le match ?

J'envoyai le message et attendis une minute pour voir s'il répondait.

– Non, je veux qu'on se parle tout de suite.

Sa voix retentit derrière moi tandis que sa main me saisissait le bras. Il m'entraîna loin des autres, à travers le hall d'entrée désert.

Je ne lui demandai pas où on allait. Je le suivis.

Il ouvrit la porte d'une classe qui ne semblait plus avoir servi depuis un moment, et me fit entrer.

Pas de bureaux dans cette petite salle vide à une seule fenêtre. Je me tournai vers lui au moment où la porte se refermait derrière lui dans un petit claquement.

Il s'approcha de moi, mais ne me toucha pas. Il me regardait, comme s'il cherchait une réponse.

– Je ne pourrai pas jouer ce soir, je dois rentrer auprès de mon père. Il va plus mal que jamais. Je ne vais pas rester ici pendant qu'il… s'en va. Hein, Maggie ? Je ne pourrais jamais me pardonner de ne pas avoir été auprès de lui, de ne pas avoir tenu la main de maman. Elle va avoir besoin de moi.

Malgré ses yeux pleins de larmes, je savais qu'il n'allait pas pleurer. Il s'essuya la bouche et le nez du dos de la main.

– Mon Dieu, reprit-il, je n'y arriverai jamais ! Il aimait trop le football. Mais je tiens encore plus à lui.

Il articulait chacun de ses mots comme si cela le déchirait.

Je lui pris les deux mains. Cela semblait toujours le calmer.

– Qu'est-ce qu'il voudrait que tu fasses ? S'il pouvait donner son avis, qu'est-ce qu'il choisirait ?

– Il voudrait que je joue. Il l'a toujours voulu.

Je ne dis plus rien, mais le laissai entrelacer de nouveau mes doigts, se tenir à moi comme s'il jouait sa survie.

– Et ma mère ? Elle sera toute seule si je joue.

– Tu ne peux pas demander à quelqu'un de rester avec elle pendant le match ? Quelqu'un en qui elle ait confiance ?

Il releva vivement la tête.

– Ta tante.

Tante Coralee serait là-bas en une seconde s'il le lui demandait, et Brady serait le premier à l'approuver. S'il estimait que sa maman devrait manquer le match pour assister la mère de West, il dirait oui tout de suite.

– Demande-lui. Elle sera d'accord, et Brady aussi. Je lui dirai de m'envoyer un message s'il se passait quelque chose. Je serai sur place pour t'emmener.

Les yeux de West s'étaient séchés et il fit oui de la tête, la mâchoire serrée comme s'il s'empêchait de crier. Je savais ce qu'il pouvait ressentir. Moi, j'avais bel et bien crié. Je n'avais pu me contrôler face à la mort de ma mère.

– Tu es beaucoup plus fort que tu ne crois, ajoutai-je.

Il m'attira contre lui, puis se pencha pour m'embrasser la tête. Ce n'était pas le baiser dont je rêvais, mais c'était déjà ça. Et je m'en délectai.

– Merci, dit-il en m'entourant de ses bras pour mieux m'étreindre.

J'avais envie de soupirer, de m'abandonner contre lui, mais il ne s'agissait pas de moi. Il avait juste besoin de réconfort. Et je le lui donnerais.

– De rien, répondis-je contre sa poitrine.

On resta quelques instants sans bouger, puis il recula et se détacha de moi. J'avais froid loin de ses bras. Je me demandais s'il ressentait la même chose. Avais-je pu le réchauffer un peu ?

– Je voudrais te présenter à ma mère, souffla-t-il avec un maigre sourire. Elle va bien t'aimer.

Il semblait moralement épuisé. Je me demandai s'il dormait la nuit.

– J'aimerais bien. Ce doit être une femme extraordinaire.

– Oh, que oui !

Des acclamations montaient du stade. Les pom-pom girls avaient dû commencer leur show.

– Allez, vas-y ! dis-je en espérant qu'il ne soit pas en retard.

– Non, je n'y vais pas. J'ai dit au coach que je devais rentrer voir mon père. Boone lui en avait déjà parlé cette semaine. Je ne voulais pas le mettre au courant, mais Boone avait raison. Maintenant, je peux partir sans m'inventer d'excuses et manquer les festivités d'avant-match.

Mon oncle serait là, le moment venu, quand West aurait besoin d'une figure paternelle, et j'en étais contente. Oncle Boone était un mec bien. Ma mère l'adorait. Elle parlait souvent de son grand frère. Et puis ils avaient les mêmes yeux, le même sourire. Quand Jorie m'avait annoncé qu'elle préférait m'envoyer vivre chez lui, j'avais espéré me sentir un peu plus près de ma mère en sa compagnie. Et c'était exactement ça.

– Tu veux venir avec moi ? me demanda West. Tu peux y aller ?

– Y aller ?

Je n'étais pas certaine d'avoir bien entendu.

– Oui. Viens chez moi, je vais te présenter à maman. Et, peut-être que si mon père est réveillé, tu pourras le voir lui aussi. Enfin, si tu es d'accord. Il a l'air… trop mal.

J'irais voir tous les gens que ce garçon voudrait.

– Volontiers.

Cette fois, j'eus droit à un de ses rares vrais sourires. Je ferais n'importe quoi pour qu'il m'en décoche encore d'autres d'une telle intensité. Quand ses yeux se mettaient à briller ainsi, quand on le sentait à ce point sincère, rien n'était plus comparable au sourire de West Ashby.

CHAPITRE 20

C'est bien, mon garçon

West

Je me garai dans l'allée d'entrée de la maison, me tournai vers Maggie. Elle avait tout de suite accepté de venir. Je n'étais pas sûr qu'à sa place j'en aurais fait autant. Pendant qu'on roulait, elle avait envoyé un SMS à sa tante pour lui annoncer qu'elle quittait le lycée pour venir voir mes parents.

Je ne me voyais par leur amener qui que ce soit d'autre en ce moment. Même pas Brady. Encore moins Raleigh. Trop dur. Mais Maggie me paraissait assez forte.

– Quand je dis que mon père a l'air très mal… c'est la vérité. Il a terriblement maigri et ses os se cassent facilement. Il est d'une pâleur livide. Sa peau paraît presque transparente. C'est dur à supporter. Si tu ne t'en sens pas capable, je comprendrai.

Elle leva sur moi ses grands yeux verts pleins de compassion.

– Je veux rencontrer ton papa adoré. Ce doit être quelqu'un de génial.

Un frisson me parcourut. Était-elle réelle, cette fille qui prononçait exactement les mots que j'avais besoin d'entendre ? Je commençais à la prendre pour mon ange gardien. S'il existait. Dieu nous avait sans doute abandonnés, mais il avait peut-être envoyé Maggie pour me donner la force et la consolation dont j'avais besoin.

– Viens. Moi aussi, j'ai prévenu maman qu'on arrivait.

Je n'avais encore jamais parlé de Maggie à maman. On ne parlait à peu près que de papa. Aussi, dans mon texto, j'avais précisé qu'elle était la cousine de Brady et qu'on était devenus bons amis.

Maman avait répondu qu'ils seraient heureux de faire sa connaissance. Papa était réveillé aujourd'hui et parlait un peu. J'espérais que ce serait encore le cas quand Maggie serait là.

Arrivé devant la porte d'entrée, je sentis les doigts de Maggie me caresser la main à sa façon silencieuse, comme pour m'assurer qu'elle était bien là, qu'elle ne me quittait pas. J'adorais quand elle faisait ça. Elle semblait toujours savoir ce dont j'avais le plus besoin.

J'ouvris la porte et m'effaçai pour lui faire signe de passer. L'entrée était déserte, mais on sentait une bonne odeur de cookies en train de cuire.

– On dirait que maman nous a préparé un goûter, dis-je avant de lui placer une main au creux des reins pour la faire avancer.

Quand on entra dans la cuisine, maman nous tournait le dos, en train de nous sortir deux verres. Elle s'était coiffée d'une queue-de-cheval, avait mis un joli chemisier et un jean. Ces jours-ci, elle ne passait plus beaucoup de temps à se préparer, car elle avait peur de laisser papa seul trop longtemps. Je ne l'avais plus vue aussi soignée depuis un moment.

– Bonjour Maman ! lançai-je doucement pour ne pas la faire tressaillir.

Elle fit volte-face, les yeux aussitôt fixés sur Maggie. Elle était curieuse. Je n'amenais jamais de filles à la maison. Elle n'avait vu que Raleigh une ou deux fois à mes matchs de football.

– Bonjour, vous devez être Maggie, dit-elle en s'approchant.

Celle-ci fit oui de la tête. J'avais oublié de préciser qu'elle ne parlait pas. Et comme maman ne fréquentait pas les gens du quartier, elle ignorait tout de son passé. J'ouvris la bouche pour lui expliquer, mais Maggie s'avança en lui tendant la main.

– Oui, Madame. Ravie de faire votre connaissance.

J'en restai bouche bée. Je ne l'avais jamais entendue parler à quelqu'un d'autre, pas même aux membres de sa famille. Pourtant, elle n'avait pas hésité devant maman. Encore une chose qui la rendait si incroyable. Après tout ce qu'elle avait affronté, elle demeurait pleine de compassion. Elle se sacrifiait encore pour les autres. Pas sûr que j'aurais fait la même chose à sa place.

– C'est un plaisir de vous rencontrer. Vous pouvez m'appeler Olivia. Nous ne recevons plus beaucoup d'amis à la maison. Je suis contente que West ait décidé de vous amener.

Dans le regard de maman brillait une lueur que je ne lui avais pas vue depuis longtemps. Maggie s'empourpra.

– C'est quelqu'un d'extraordinaire, dis-je en lui caressant la main comme elle le faisait si bien avec moi.

– Je vois ça, répondit maman en souriant.

Elle avait le visage inquiet, tendu, mais je la sentais heureuse de la présence de Maggie. Je me rendis compte qu'elle devait se sentir affreusement isolée, elle qui ne voyait jamais d'autres gens que nous, les habitants de cette maison. Rien ne venait jamais la distraire de l'épreuve qu'elle traversait.

– Je crois que nous avions tous les deux besoin d'un ami qui nous comprenne, dit Maggie.

Je fus encore aussi surpris de l'entendre parler.

Maman me sourit. Elle l'aimait bien. Mais qui n'aimerait pas Maggie ?

– Ton père est réveillé. Il doit bientôt prendre son médicament. Alors, allez vite le voir tous les deux, avant qu'il ne s'endorme.

Autrement dit, il souffrait.

– S'il doit prendre son médicament maintenant, on reviendra et je ferai les présentations une autre fois.

– Oh non ! Il sait que tu vas venir et il veut voir ton amie.

– Maggie ?

Je voulais lui laisser une dernière chance de changer d'avis.

Elle hocha la tête, l'air décidée.

Tant pis si ma mère me voyait, il fallait que je prenne la main de Maggie. Je la serrai bien fort puis l'entraînai dans le couloir vers la chambre de mes parents.

J'ouvris lentement la porte, jetai un coup d'œil à l'intérieur.

– Pas besoin de ces précautions, mon garçon, je t'entends. Entrez.

Il respira bruyamment, puis toussa. Sa voix me parut faible à côté de celle, tonitruante, que je lui connaissais.

Sans s'arrêter, Maggie passa le seuil, la main fermement posée dans la mienne.

– C'est la plus jolie amie que tu aies jamais amenée à la maison, dit-il en souriant comme s'il n'avait pas mal partout.

– Merci, dit-elle.

– Je pensais t'avoir mieux éduqué, reprit-il de son ton essoufflé. Une fille aussi ravissante n'est pas juste une amie. Tu devrais lui sauter dessus !

Maggie éclata de rire, et papa sourit de nouveau.

– Il a toute une série de filles qui attendent leur tour, répondit-elle. Il ne va pas en rajouter une.

Mon père se mit à rire. Non pas de son gros rire habituel, mais voilà longtemps que je ne l'avais plus entendu s'esclaffer.

Après avoir toussé et repris son souffle, il me regarda :

– Tu veux un bon conseil ?

Il n'évoquait pas souvent les filles avec moi ; ça remontait à mes treize ans, quand il m'avait surpris en train de regarder un film porno sur mon ordi. J'avais eu droit à ses conseils paternels en matière de relations sexuelles. Depuis, on parlait football, école, vie. Mais jamais de filles.

– Oui, intervint Maggie. Si vous entendiez les filles dans les tribunes aux rencontres du stade ! Il a beaucoup de succès.

Il rit encore.

– Je suis sûr que les garçons se battent pour toi aussi. Si celui-ci est trop aveugle pour te faire des avances, je parie que les autres ne se gênent pas.

Mon sourire disparut. Je ne voulais pas penser à ça. Maggie rendait visite à mon père et à ma mère. Elle n'allait pas se mettre à parler d'un autre mec ! Comme si elle n'était plus à moi !

Papa s'esclaffa encore et je m'aperçus qu'il me regardait.

– Ça ne t'amuse pas de penser à ça ?

Mon cœur se retourna. Je n'avais pas envie d'aborder ce sujet, et mon père avait tout compris.

– Qu'est-ce qui vous fait tant rire ? demanda ma mère en entrant. J'ai raté quelque chose ?

Elle paraissait toute contente. La gaieté de mon père nous faisait du bien à tous les deux.

– Et voici ma femme préférée ! lança-t-il alors que maman s'approchait de lui.

Il la regardait encore comme si elle représentait tout ce dont il pouvait rêver dans la vie. Elle se pencha, l'embrassa sur la bouche.

– Il fallait que je leur prépare un goûter, dit-elle. Ce soir, il y a match et West a besoin de force.

Papa tourna les yeux vers moi.
– Tu vas gagner ce soir ? demanda-t-il.
On revenait à nos préoccupations préférées.
– Tu sais bien que oui, répliquai-je.
– C’est bien, mon garçon.

CHAPITRE 21

Il leur faut des années avant de devenir raisonnables

Maggie

J'avais échangé plusieurs textos avec tante Coralee pendant le match, afin de vérifier comment se portait M. Ashby, Jude, comme il m'avait demandé de l'appeler. Elle m'avait certifié qu'il dormait et que tout allait bien. Je voulais pouvoir rassurer West quand il tournerait la tête vers moi dans les gradins.

Il le fit à plusieurs reprises et, chaque fois, je hochai la tête.

Ce qui ne l'avait pas empêché de marquer un touché et d'autres points auxquels je ne comprenais rien mais qui, selon oncle Boone, en train de commenter au fur et à mesure, s'avéraient magnifiques. West était toujours là pour aider Brady à faire des étincelles.

Je savais que, ce soir, il n'irait pas à la fête d'après le match. Il s'inquiétait déjà trop pour son père.

J'avais demandé à oncle Boone si je pourrais renter directement au lieu de suivre Brady à la soirée. Même si j'avais été ravie de faire la connaissance des parents de West, je me sentais épuisée.

Bien que Jude m'ait parlé, j'avais senti combien c'était difficile pour lui et qu'il y mettait tout ce qui lui restait d'énergie. Il éternuait, perdait son souffle. Et quand on voyait à quel point il adorait sa femme, ça faisait mal au cœur.

Jamais je n'avais vu mes parents se regarder comme ça. Je me rappelais leurs cris, leurs disputes même s'ils finissaient toujours par se réconcilier.

Trop triste de penser que ceux de West allaient perdre ça.

Alors que la foule se dirigeait vers le parking, je suivis oncle Boone qui devait aller attendre Brady à la sortie du vestiaire. J'espérais bien voir West avant de partir. Il avait eu du mal à quitter son père cet après-midi. Il m'avait tenue par la main tout le long du trajet jusqu'à ma maison. Si j'avais pu lui tenir la main sur le terrain de football, je l'aurais fait.

– Voilà West, dit oncle Boone en désignant le vestiaire du menton. Je suppose que tu voudrais aller le voir. D'ailleurs, il doit te chercher.

Il me décocha un sourire plein de compréhension. Pourvu qu'il ne pense pas que West et moi étions plus que des amis. Je l'avais expliqué à tante Coralee, car elle m'avait posé la question. Mais je n'en avais rien dit à oncle Boone.

Ce qui ne m'empêcha pas d'aller rejoindre West. Cependant, Serena arriva avant moi, couinant et se jetant dans ses bras. Je m'arrêtai net, attendis. Je comprenais désormais que West avait parfois besoin de moi, mais aussi d'elle, à d'autres moments. Ou de quelqu'un comme elle.

West l'écouta parler, puis acquiesça d'un mouvement de la tête. J'en conclus que c'était un moment Serena, pas un moment Maggie, et retournai vers oncle Boone. Il n'avait pas bougé et me regardait, l'air déçu, préoccupé.

Je m'arrêtai à côté de lui et on attendit Brady.

Au bout de quelques instants, il s'éclaircit la gorge.

– Les garçons ne prennent pas toujours les bonnes décisions, commenta-t-il. Il leur faut des années avant de devenir raisonnables. Tu mérites mieux que ça, Maggie. Il souffre, mais tu as aussi eu ta part, ma chérie.

Il ne voulait que mon bien, d'autant qu'il avait raison. Je méritais mieux et je savais que ça ne viendrait pas de West qui ne m'avait jamais promis plus que son amitié. Juste ce dont il avait besoin de ma part. Tant qu'il aurait besoin de moi, je serais là pour lui. Même si c'était dur, même si mon cœur se serrait parfois. Mon rôle consistait à me rappeler qu'il n'éprouvait aucun sentiment plus profond pour moi. Il fallait que je me préserve. J'avais survécu à l'enfer. Je survivrais à ça.

– On les a éclatés ! s'exclama Brady.

Je le vis qui venait dans notre direction, souriant à son père. Oncle Boone l'accueillit d'un air fier.

J'imaginais que c'était le genre de situation qui manquait tant à West. Une de ces choses qu'il avait déjà perdues.

– Bien joué, mon fils, dit oncle Boone en lui tapotant le dos. Tu vas à la fête ?

– Oui, tu viens, Maggie ?

Je fis non de la tête.

Brady parut à la fois soulagé et inquiet.

– Elle va rentrer à la maison avec moi, ce soir, dit oncle Boone sans mentionner ma visite chez West.

– D'accord, je ne resterai pas tard.

Là-dessus, Brady alla rejoindre Ivy qui l'attendait.

Alors que je jetais un coup d'œil vers West, nos regards se croisèrent. Il arrivait dans notre direction, suivi de Serena. Genre de scène que je ne voulais pas voir se produire devant oncle Boone.

– Tu l'attends ou tu veux qu'on s'en aille ? me demanda celui-ci.

Je lui décochai un sourire navré. Je savais qu'il n'approuvait pas cette situation et je lui étais reconnaissante de s'inquiéter ainsi pour moi. Mais je n'allais pas courir après West.

– Bonsoir, lança celui-ci.

Serena s'arrêta derrière lui, l'air excédée.

Je souris à West. Autant lui faire croire que tout allait bien.

– Tu vas à la fête ?

Je fis non de la tête.

– Tu vois bien que non, intervint Serena en le prenant par le bras. On y va maintenant ?

Il ne se dégagea pas et je m'interdis d'en souffrir.

– Tu rentres chez toi ? me demanda-t-il.

Je hochai la tête.

– Tu as bien joué, observa oncle Boone en posant une main sur mon épaule. Ton touché était magnifique. Ton père sera content d'apprendre ça. Bonne soirée. Maggie et moi allons rentrer.

Il ne lui avait pas laissé le temps de répondre quoi que ce soit.

West en parut désolé. À croire qu'il voulait m'empêcher de partir. Sauf qu'il ne savait comment s'y prendre. Et je n'allais pas décider pour lui. Alors, je lui adressai un petit salut de la main avant de suivre mon oncle.

CHAPITRE 22

Ce sera toujours une amie

West

Je ne quittai pas la maison du week-end sauf pour aller acheter du lait et des œufs. Dès que Maggie était partie avec son oncle, vendredi, j'avais expliqué à Serena que je rentrais à la maison. Seul.

En arrivant, j'appris que papa dormait, cependant, je m'assis avec maman et lui parlai du match, puis de Maggie. Elle l'aimait bien. Elle voulait aussi savoir pourquoi Coralee croyait que sa nièce ne parlait pas. Maman avait été assez futée pour comprendre que cela cachait quelque chose, et elle ne lui avait pas dit ce qui s'était passé.

Ce fut la première question qu'elle me posa quand j'arrivai à la maison. Je compris qu'elle en tirait davantage de conclusions que la réalité. Elle aurait sans doute espéré que nous sortions ensemble, mais je n'avais pas la tête à entretenir une relation avec quelqu'un comme Maggie. Quelqu'un qui méritait tellement plus que ce que je pouvais lui donner.

J'évitai de l'expliquer à maman. De peur de l'inquiéter ; elle avait déjà plus que sa part d'inquiétudes. Et moi aussi.

Je passai le samedi dans la chambre de papa, à regarder du football. Quand il se réveilla, on se mit à parler du match de vendredi. Enfin, c'était surtout moi qui parlais et lui qui écoutait. Il avait de plus en plus de mal à respirer. L'infirmière arriva et je restai jusqu'au moment où elle le prépara avec maman pour son bain.

Le dimanche se déroula de la même façon, sauf qu'on regarda les matchs de la NFL. Maman se blottit sur le lit avec nous. On parla de nos premières vacances en camping et des cris de maman quand un ours brun avait ouvert notre glacière. Et puis on se raconta en riant le jour où on avait emmené maman à la pêche. Elle avait été horrifiée de nous voir accrocher des grillons vivants aux hameçons.

Papa voulait aussi des nouvelles de Maggie ; tombé sous son charme, il m'avait mis en garde de ne pas tout gâcher entre nous, disant qu'elle était faite pour moi. Maman m'avait tapoté la main, l'air de dire qu'elle était de son avis.

Tous les soirs, quand papa dormait, je gagnais ma chambre pour envoyer des textos à Maggie. Elle répondait toujours, et on finissait par discuter au téléphone, jusqu'à nous endormir.

Le lundi, j'avais plus que hâte de la revoir enfin. Papa avait bien dormi toute la nuit ; il semblait aller mieux ce matin. Ce qui faisait plaisir à maman. Je n'eus donc aucun mal à m'en aller.

Cependant, ma belle humeur s'évanouit vite quand je vis Serena en train de parler à Maggie devant son casier. Il me suffisait de voir leurs visages pour comprendre que ça ne rigolait pas. Maggie avait reculé jusqu'à se retrouver bloquée par la porte, ses grands yeux verts écarquillés d'inquiétude.

Je fendis la foule jusqu'à ce que les élèves s'écartent sur mon passage. Quand je fus assez près, j'entendis Serena :

– Il est avec moi. Il en a rien à faire de toi. Dégage ! – Fous le camp ! Laisse Maggie tranquille !

J'avais rugi ces paroles en m'interposant entre elles. D'une main, je repoussai Serena.

– Toi, tu ne t'approches plus jamais d'elle. Jamais ! Tu ne la regardes même pas. Compris ?

Serena en parut suffoquée. Elle ne s'attendait pas à ce genre de réaction de ma part. Elle était devenue folle lorsque j'avais dit que je voulais voir Maggie après le match. Jusque-là, elle ne l'avait pas considérée comme une rivale.

– Elle flirte avec toi, expliqua-t-elle d'un ton innocent. Elle croit qu'elle peut te mettre la main dessus. Je lui expliquais ce qu'on fait ensemble. Que tu n'es qu'un ami pour elle.

Je sentis le corps de Maggie remuer derrière moi et je lui touchai la main. Elle ne devait pas s'en aller. Elle me manquait trop. Je ne laisserais pas Serena gâcher ma matinée avec sa jalousie déplacée.

– Tu n’en sais rien, lui dis-je, mais je vais te dire sur qui toi tu ne peux pas mettre la main : moi. On s’est bien amusés durant notre petite aventure, mais c’est fini. Terminé entre nous.

Sans lui laisser le temps de répliquer, je lui tournai le dos ; je savais bien que tout le monde nous regardait. Autrement dit, Serena ne resterait pas là à me supplier. Elle avait quand même un minimum de fierté. Aussi, je ne fus pas surpris de la voir s’éloigner à grands pas. Après quoi, les spectateurs reprirent leurs occupations.

Maggie écarquillait encore ses beaux yeux quand je me retournai vers elle.

– Désolé, c’est ma faute. Je me conduis comme un connard ces temps-ci, mais je ne voudrais pas que ça te touche.

Elle me serra la main.

– C’est bon, murmura-t-elle tout bas.

– Non. Personne ne doit te parler comme ça. Personne.

Ma colère me reprit en constatant que Maggie avait eu peur.

Elle me décocha un petit sourire et se pencha pour ramasser son sac à dos resté par terre. Je la regardai choisir ses livres tout en regrettant qu’on ne soit pas seuls pour que je puisse parler avec elle, entendre sa voix. Même si je l’avais entendue au téléphone toute la nuit. C’était différent en tête à tête.

Je me rapprochai d’elle pour humer son odeur de vanille. Au moins, je pourrais emporter cette sensation avec moi au cours du matin. À défaut de Maggie…

Quand elle se retourna, nos corps étaient si proches qu'ils faillirent se toucher.

Presque aussitôt, une main atterrit sur mon épaule, serra fort. La voix de Brady retentit, un rien menaçante.

– Juste amis, d'accord ?

Je respirai un grand coup et reculai. Maggie jeta un coup d'œil vers Brady, me sourit une dernière fois, puis, serrant ses livres contre sa poitrine, elle s'enfuit.

Dès qu'elle eut disparu, je me tournai vers Brady.

– À quoi tu joues ? maugréa-t-il. On aurait dit que tu allais la dévorer toute crue devant tout le monde. Voilà l'impression que ça donnait. Je t'ai bien vu. Et les autres aussi. Et elle… elle a bien remué les lèvres ?

Ce n'était pas à moi de la trahir. Si elle ne voulait rien révéler, ça la regardait.

– Non, dis-je. On communique différemment. C'est tout.

Brady haussa un sourcil. Il savait dans quel état j'étais.

– N'oublie pas qu'elle est fragile, insista-t-il. Ne la brise pas.

Il ne savait pas à quel point il se trompait. Maggie était l'un des êtres les plus forts que je connaisse.

– Je t'ai déjà dit que je ne lui ferais jamais aucun mal. Je voulais juste m'assurer qu'elle allait bien.

Serena s'est conduite comme une salope. Je l'ai remise à sa place. Fais-moi confiance.

– J'essaie, mais je vois bien comment tu la regardes.

– Ce n'est pas parce que j'ai envie de quelque chose que j'aurai la cruauté de me servir. Je ne lui ferais jamais ça. C'est juste une amie. Ce sera toujours une amie.

CHAPITRE 23

Pas envie de bavarder avec quelqu'un d'autre

Maggie

Le reste de la semaine, l'état du père de West parut s'apaiser. Il avait toujours du mal à respirer, mais il était le plus souvent réveillé, comme s'il souffrait moins. Du moins en apparence. Il n'avait plus autant besoin de ces antidouleur qui l'abrutissaient. Je lui avais rendu visite mercredi soir. West était venu me chercher après son entraînement et on avait dîné avec sa mère.

Le jeudi, West m'avait retrouvée à l'entrée de la cafétéria, insistant pour que je déjeune à sa table. Comme Serena n'était plus là, j'acceptai. Les garçons essayaient toujours de déterminer la nature de nos relations. Cependant, dès le vendredi, ils avaient accepté que je prenne place avec eux.

Avec West on était… bon, je ne savais pas trop, au juste. On échangeait des SMS toute la journée, on se téléphonait tous les soirs. On ne parlait pas seulement de son père ou de mon passé ; on parlait de la vie. Il me racontait des anecdotes de leur enfance avec Brady, je lui racontais mes années de pom-pom girl au collège.

Pourtant, je trouvais notre relation de plus en plus ambiguë. Comme quand il s'approchait trop de moi, respirant plus fort, comme s'il était prêt à me sauter dessus. Ou quand il posait sa main dans mon dos plus longtemps que nécessaire. Ou lorsque Nash s'asseyait à côté de moi et commençait à flirter, mettant West hors de lui. Il avait essayé de ne pas le montrer, mais tout le monde l'avait remarqué, y compris Brady.

En même temps, il continuait de sortir avec les filles du lycée qui lui faisaient des avances. Même s'il ne s'envoyait plus en l'air avec elles dans les toilettes, ne s'engageait avec aucune d'elles, il ne faisait jamais plus allusion à notre baiser et n'avait pas une fois montré l'envie de vouloir recommencer.

Il n'avait pas fait part de ses projets après le match du vendredi soir, pas plus qu'il ne m'avait interrogée sur les miens. Alors, j'avais demandé à tante Coralee si je pouvais rentrer directement à la maison et me coucher. J'étais fatiguée. Elle avait accepté et j'étais partie avec elle aussitôt après le match tandis qu'oncle Boone restait pour voir Brady.

West avait marqué trois touchés, et son sourire avait rétabli tout ce qui n'allait pas. J'étais contente de le voir heureux. J'aurais aimé être là quand il le raconterait à son père.

En prenant ma douche avant de me coucher, je me repassais mentalement les événements de la semaine. Brady semblait mieux m'accepter et je me doutais que c'était parce qu'il n'avait plus besoin de m'emmener partout avec lui. Ses parents avaient cessé de lui imposer ma présence à tout bout de champ, et j'aimais bien les écouter bavarder pendant le dîner.

J'envisageais aussi la perspective de me remettre un jour à parler en public. Je l'avais déjà fait avec les parents de West, mais juste pour ne pas leur compliquer la vie par mon silence. Puis, si jamais je n'avais plus l'occasion de bavarder à nouveau avec son père, je ne voulais pas regretter d'avoir gardé le silence.

J'aimerais faire partie de cette famille qui m'accueillait mais, tant que je ne communiquerais pas sur ma vie quotidienne, je restais à part. Si j'adressais la parole à ma tante et à mon oncle, ils finiraient par m'interroger sur ce qui s'était passé entre mes parents. Et je n'y tenais pas. Je n'avais plus peur d'entendre ma propre voix – avec West, j'avais obtenu la preuve que je la supportais sans tourner de l'œil –, mais je n'étais pas prête à parler de ma mère… ni de mon père. Les Higgens savaient tout ce qu'il y avait à savoir sur le sujet. Si j'étais certaine qu'ils ne me forceraient pas à évoquer ce soir-là, cela changerait bien des choses.

Sortie de ma douche, je m'enroulai dans une serviette, m'essorai les cheveux puis me précipitai dans ma chambre.

J'en avais à peine franchi le seuil que je poussai un cri en apercevant West devant moi. Aussitôt, je me plaquai une main sur la bouche tout en retenant mon peignoir de l'autre.

– West ?

Il ne regardait pas mon visage, mais mes jambes nues ; je faillis me précipiter dans le couloir.

– West ? répétai-je.

Cette fois, ses yeux se posèrent sur les miens et il sourit d'un air un peu gêné.

– Pardon. Je ne voulais pas te faire peur. Je t'ai envoyé un SMS pour te dire que je montais, mais tu n'as pas répondu.

– Comment ça, tu montais ?

Il me désigna la fenêtre.

– N'oublie pas que c'était la chambre de Brady avant. J'ai escaladé ce mur des dizaines de fois depuis mes sept ans.

Oh ! Mais que faisait-il ici ?

– Tu es partie… après le match… tu n'es pas venue à la soirée. Je t'ai attendue.

Voilà ce que je ne comprenais pas. Je ne voyais pas quand il avait trouvé le temps de faire tout ça. Il ne m'avait pas demandé de la journée ce que je comptais faire le soir. J'en avais conclu qu'il avait d'autres projets. J'ignorais qu'il comptait me voir.

– Je suis partie avec tante Coralee. Tu n'avais pas dit ce que tu voulais faire ensuite.

À présent, c'était lui qui avait l'air de ne pas comprendre. Et pourquoi ? Lui qui m'envoyait tant de signaux contradictoires.

– Je croyais que tu le savais, assura-t-il. Que tu avais hâte.

Je fis non de la tête. Je ne savais rien du tout.

– Alors, reprit-il en souriant, dis-toi qu'on doit systématiquement se retrouver. Tu es la seule amie que j'ai toujours envie de voir. Tu ne pourrais pas t'habiller maintenant ? C'est, euh… gênant.

– Je te rappelle que tu es entré dans ma chambre sans t'annoncer. Si j'avais su que tu venais, je me serais habillée.

– Je t'ai envoyé un texto.

– J'étais sous la douche.

– Fausse excuse.

Cette fois, j'éclatai de rire, mais me repris vite, me mordis les lèvres en espérant que tante Coralee n'ait rien entendu.

– Tourne-toi, murmurai-je.

– Quoi ?

– Que je puisse mettre mes habits.

– Ah oui, pardon !

Ce disant, il fit face au mur. Je sortis une culotte du tiroir, puis un caleçon et un large T-shirt. Jamais je ne m'étais habillée avec un garçon dans la même chambre. Ça me stressait, bien qu'il ne m'ait pas regardée. Une fois vêtue, je passai une main dans mes cheveux mouillés.

– Je suis prête, dis-je en cherchant ma brosse.

– Très bien.

Je ne pus m'empêcher de jeter un regard par-dessus mon épaule. Il me fit un clin d'œil. J'avais horreur de ça. Surtout parce que j'adorais ses clins d'œil. Et je détestais adorer ça. Parce qu'entre amis, on n'avait pas des papillons dans le ventre pour un simple clin d'œil.

– Tu devrais t'habiller comme ça plus souvent, lâcha-t-il alors que je reprenais ma brosse.

– C'était bien, la fête ? lui demandai-je en m'asseyant au bord de mon lit.

Il vint se poser à côté de moi.

– Barbant. Tu n'étais pas là. Je n'ai pas envie de bavarder avec quelqu'un d'autre.

Comme je levai les yeux au ciel, il partit d'un petit rire.

– Ton oncle et ta tante viennent te voir la nuit ?

Je fis non de la tête. J'avais l'habitude de fermer ma porte à clé, car je faisais trop souvent des cauchemars ; sans aller jusqu'à hurler, je pleurais et geignais souvent, alors je préférais qu'ils ne m'entendent pas.

– Je peux rester un peu si on parle tout bas ?

Comme si j'allais lui dire non. Je ne lui disais jamais non. Quoique, parfois, je ferais mieux… Ça ne le rendrait pas malade, en fait, ça lui ferait du bien d'entendre parfois un non.

– Bien sûr.

CHAPITRE 24

Tu es malade si tu crois que je toucherais à ma cousine

West

Elle s'était endormie sur moi – littéralement – voilà une heure. Pourtant, j'étais toujours là. Elle avait posé sa tête sur mon épaule avant de sombrer doucement dans le sommeil et de la laisser rouler sur ma poitrine. Il allait falloir que je m'en aille avant le retour de Brady qui risquait de voir mon pick-up garé dans sa rue. Ses parents n'y avaient sans doute pas fait attention, mais lui le verrait. Il comprendrait tout de suite que j'étais dans sa chambre et comment j'y étais entré. Inutile de tenter ma chance avec lui.

Je me glissai doucement hors du lit, remontai les couvertures sur elle pour qu'elle n'ait pas froid. Alors que j'allais m'en aller, elle se mit à gémir. Elle pleurait sans bruit. Tout d'un coup, elle envoya des coups de pied, secoua la tête en criant.

« Je fais des cauchemars toutes les nuits. Je revois sans cesse mourir ma mère. » Ses mots résonnèrent de nouveau dans ma tête. Cela se passait donc ainsi ? Je lui caressai doucement le bras, lui murmurai que tout allait bien, que j'étais là.

Ce qui ne servit à rien. Elle continuait de se débattre, puis elle se mit à geindre pitoyablement.

Je détestais la voir dans cet état, perdue dans une horreur à laquelle elle ne pouvait échapper. Ce n'était pas un cauchemar, irréel, dont on finissait par s'éveiller. C'était un souvenir qui la hantait, qu'elle ne pouvait plus fuir.

Je revins dans le lit, m'allongeai auprès d'elle, l'enveloppai de mes bras, l'attirai contre ma poitrine, sans cesser de lui murmurer à l'oreille que j'étais là, qu'elle était dans mes bras, que je ne la quitterais pas. Que tout irait bien.

Lentement, elle se calma, cessant de remuer les jambes et d'émettre ces sons affolés. Et puis ses doigts agrippèrent mon bras. Elle ne voulait plus me lâcher. Même dans son sommeil, elle savait que j'étais là et me gardait près d'elle.

Ça faisait du bien. Pour une fois que j'avais pu l'aider. Elle était mon roc, ma source de paix, mais je n'avais jamais représenté ça pour elle. Je croyais qu'elle avait affronté son enfer seule. En réalité, ce n'était pas fini, et je pouvais faire pour elle ce qu'elle faisait pour moi.

Mon corps était secoué dans tous les sens. J'ouvris lourdement les yeux pour essayer de comprendre ce qui se passait. Il faisait encore nuit dehors. Je finis par apercevoir Maggie blottie près de moi.

Une main me saisit le bras. Je ne m'étais donc pas réveillé seul. Levant la tête, j'aperçus Brady en train de m'engueuler.

– C'est. Quoi. Ce bordel ? Je te faisais confiance.

Il ne parlait pas trop fort, et ça valait mieux. Je pouvais gérer Brady, mais Boone m'aurait littéralement tué.

– Elle a fait un cauchemar. Je voulais juste l'aider à se calmer et je me suis endormi aussi. Je te jure que c'est tout.

Brady ne quittait pas son air mauvais.

– Qu'est-ce que tu foutais dans sa chambre ? Il est plus de minuit. Je te connais, West, tu n'entres pas dans le lit des filles juste pour dormir.

Il avait raison. Sauf pour Maggie. Je grimpais dans le lit de Maggie juste pour dormir.

– Jamais je ne la toucherais, Brady, juré. C'est mon amie, elle avait besoin de moi. Je ne cherche pas autre chose avec elle.

Apparemment, il semblait commencer à me croire.

– Elle est habillée, constata-t-il.

– Oui, et moi aussi. J'ai même encore mes bottes.

Tout en reculant, il me fit signe de me lever.

Je m'éloignai de Maggie, la recouvris. Brady était son cousin, mais je n'aimais pas l'idée qu'il la voie avec ce caleçon ultra-moulant. Son T-shirt s'était enroulé autour de sa taille et on apercevait un peu de son ventre.

– Ne reviens jamais dans sa chambre la nuit.

Je n'allais pas le contredire, mais il était idiot s'il croyait que je ne reviendrais pas. Si elle me le demandait, je serais là toutes les nuits pour veiller sur elle.

– On parlait. Elle s'est endormie et puis elle a fait un cauchemar alors que je m'en allais. Je l'ai calmée et me suis endormi.

– C'est ça, grommela Brady. Va-t'en, maintenant.

– D'accord, mais toi aussi.

Il me regarda comme si j'avais perdu la tête.

– Quoi ?

– Si je m'en vais, toi aussi. Elle ferme sa porte à clé la nuit. Comment tu es entré ?

– Je sais entrer dans mon ancienne chambre, même fermée à clé. Et puis, quand j'ai vu ton pick-up dans la rue, j'ai compris où tu étais et comment tu y étais entré.

Je m'en doutais, pourtant, je n'aimais pas ça.

– Je m'en vais, tu t'en vas, répétai-je.

– Sérieux ?

– Tout à fait.

Secouant la tête, il ouvrit la porte de la chambre.

– Tu es malade si tu crois que je toucherais à ma cousine.

Je ne le croyais pas. Mais je n'avais pas envie qu'il reste dans sa chambre quand elle dormait. Elle ne l'y avait pas invité.

Une fois rentré chez moi et couché dans mon lit, je m'étais endormi en espérant qu'à mon lever, je pourrais vivre un autre week-end avec mon père. Ça n'arriva pas.

Je fus réveillé par la sirène d'une ambulance qui s'arrêtait devant la maison et par la voix affolée de ma mère. Le cœur dans la gorge, je me levai en hâte, courus vers le jardin où j'entendis maman.

– Il est dans l'entrée ! criait-elle aux infirmiers. Vite ! Il crache tout son sang. Vite, s'il vous plaît !

Elle pleurait désespérément, accrochée à la porte comme si elle allait s'effondrer, du sang plein ses vêtements.

– Il s'en va, gémissait-elle. Oh mon Dieu, West, il s'en va !

Ses genoux cédèrent et je me précipitai pour la rattraper de justesse, la serrai contre moi.

– On doit être forts pour lui, glissai-je. On pourra craquer ensuite. Mais là, il faut lui montrer qu'on tient le coup. S'il te voit craquer, ce sera encore plus difficile.

Tout en l'incitant à tenir le coup alors que je n'étais pas sûr moi-même d'y parvenir, je me rappelai comment Maggie m'avait murmuré que j'étais assez fort pour deux.

– Tu as raison, dit maman en s'essuyant le visage. Il a besoin qu'on reste forts. Aide-moi à m'en souvenir.

Elle me tapota le bras et je l'étreignis tandis qu'elle soufflait :

– Il faut que je me change, pour l'accompagner à l'hôpital.

– Je vais t'y conduire. On les suivra. Ils ne te laisseront pas entrer dans l'ambulance avec lui. Ils vont avoir besoin de toute la place pour aider papa.

Elle hocha la tête, mais je sentais bien qu'elle n'aimait pas l'idée de le laisser quitter la maison sans elle.

Serrée dans mes bras, elle regarda les infirmiers emmener papa inconscient et couvert de sang. J'en étais malade de chagrin.

– Nous arrivons, mon chéri, lui dit maman. On sera juste derrière vous. Tiens bon pour nous. On reste avec toi.

– Va vite te préparer, lui dis-je.

Elle s'accrocha encore un instant à mon bras tandis qu'ils installaient papa dans l'ambulance. Puis elle fila se changer.

Moi-même, je pris en hâte une douche avant d'enfiler un jean et un T-shirt. Une fois qu'on serait à l'hôpital, je devrais trouver un service de nettoyage pour réparer les dégâts dans la chambre et dans le couloir. Il fallait que tout soit propre pour le retour de papa. Et je ne voulais pas que ce soit maman qui s'en charge.

J'arrivai dans l'entrée en même temps qu'elle. On se regarda un instant et je lui rappelai :

– On doit être forts, pour lui.

Je voulais qu'elle trouve en elle la force de tenir. Au cas où tout serait fini. Il fallait qu'elle soit prête si nous devions bientôt lui dire au revoir, qu'elle ne s'effondre pas.

J'espérais juste tenir le coup moi aussi. En sortant, j'envoyai un texto à Maggie. J'allais avoir besoin d'elle plus que jamais.

CHAPITRE 25

J'ai hâte de te voir

Maggie

Ils l'ont emmené en ambulance. J'ai besoin de toi.

Je relisais sans cesse le texto de West alors qu'oncle Boone nous emmenait à l'hôpital, tante Coralee, Brady et moi.

Il ne donnait aucune précision. Il disait juste qu'il avait besoin de moi. Je m'étais habillée en vitesse, sans trop réfléchir à ce qu'il fallait porter pour ce genre d'événement. En sortant de ma chambre, j'avais croisé oncle Boone qui grimpait l'escalier, un journal à la main. Je lui avais alors montré le SMS sur mon téléphone et il avait filé aussitôt réveiller tante Coralee et Brady.

Personne ne disait mot. Les yeux fixés sur la fenêtre, Brady agitait nerveusement les jambes. Il avait été prêt le premier, et son évident effroi ne pouvait toucher qu'un véritable ami.

Je n'avais pas bénéficié de telles attentions, mais j'en étais reconnaissante pour West.

– Il faut que je prévienne les autres, lança soudain Brady. Cette fois, on doit les avertir. Ils voudront être là pour lui.

– Tu as raison, dit oncle Boone. Une fois arrivé, dès que tu les auras vus, tu chercheras un coin tranquille pour téléphoner. Mais pas à toute l'équipe. Juste ceux qui sont proches de lui. Il a surtout besoin de ses vrais amis en ce moment.

Je n'étais pas certaine que West y tienne. Cependant, si c'était la fin, il apprécierait leur soutien.

– Il t'a envoyé un texto ? me demanda Brady.

Je hochai la tête.

– Il t'a donné des précisions ?

Je fis non et lui tendis mon téléphone.

– Merci, dit-il. D'être là pour lui. Je ne comprends pas pourquoi tu fais ça, mais merci.

Pas besoin de me remercier. C'était West. Je ferais n'importe quoi pour lui.

Un ding retentit sur mon téléphone, et la tension monta dans la voiture. J'avais hâte d'arriver.

Il a une tumeur qui lui presse une veine ou quelque chose comme ça. Ils le gardent à l'hôpital. C'est tout ce que je sais. On est au troisième étage, aile gauche, dans la salle d'attente.

Je répondis en hâte :

On arrive.

Puis je tendis l'appareil à Brady. Il lut les messages à ses parents. Nouveau ding ; il lut en silence avant de me le repasser.

Ok. J'ai hâte de te voir.

Je fermai les yeux pour prier. Je ne savais trop quoi demander, car je savais que le père de West ne s'en tirerait pas. Mais je priai quand même.

Une fois arrivés à l'hôpital, oncle Boone nous déposa devant l'entrée avant de se rendre au parking. Je courus vers les ascenseurs. Si West devait apprendre la mort de son père, je voulais être avec lui. Je voulais qu'il puisse compter sur ce que je n'avais jamais reçu : la présence de quelqu'un qui le comprenait.

Quand la porte de la cabine s'ouvrit, je fonçai, appuyai sur le bouton. Au troisième, West m'attendait dans le couloir, les yeux injectés de sang.

– Salut, dit-il d'une voix cassée.

Je sortis de l'ascenseur, lui saisis la main.

– Salut.

– Ils viennent de laisser maman y retourner, souffla-t-il en m'attirant contre lui. Pour l'instant, ils l'ont stabilisé, mais ils ne peuvent pas faire beaucoup plus que l'empêcher de souffrir.

Depuis des mois, il avait peur de s'endormir pour apprendre au réveil la mort de son papa. Aujourd'hui, ils n'étaient pas passés loin. J'emmêlai mes doigts aux siens.

– Viens dans la salle d'attente. Ils vont te tenir au courant.

– Oui.

Ces murs blancs me parurent d'une froideur stérile. J'avais toujours ressenti le froid dans un hôpital. Je n'aimerais pas mourir ici, mais dans un endroit ami, où je me sentirais à l'abri. Ce qui me permit de comprendre pour quoi je devrais prier. Je fermai les yeux et souhaitai que Jude Ashby ne meure pas ici, mais chez lui, dans une chambre qu'il aimait.

– Qui t'a amenée ? demanda West.

– Oncle Boone, tante Coralee et Brady. Ils arrivent. J'ai couru en sortant de la voiture. Je ne voulais pas te laisser seul ici…

Sa main étreignit la mienne, la caressa du pouce.

– Merci.

Dans son SMS, il disait avoir besoin de moi. Je comprenais ses raisons. Mais moi aussi, j'avais besoin de lui. Car, en trois courtes semaines, il avait trouvé le chemin de mon cœur.

Je l'avais compris ce matin, après avoir lu son texto et compris que rien ne comptait plus que de le rejoindre à l'hôpital. Je n'avais jamais été amoureuse, donc je ne pouvais faire de comparaisons ; pourtant, je ne doutais pas une minute que West Ashby soit devenu la personne la plus importante de ma vie. Je l'aimais. Je me sentais capable d'être tout ce qu'il voudrait. Même de rester juste une amie.

CHAPITRE 26

Je serai l'homme que tu comptais faire de moi

West

Je m'attendais à ce que Maggie retire sa main de la mienne quand sa famille arriverait. Mais non. Même pas quand son oncle et sa tante les avaient regardées ostensiblement. Elle était restée près de moi, sans me lâcher tandis qu'ils lui parlaient. Coralee m'avait embrassé sur le front en disant qu'elle m'aimait.

Boone m'avait tapoté l'épaule en hochant la tête. Et puis Brady s'était assis à côté de moi, comme pour me rappeler qu'il était là pour moi. Leur présence me faisait du bien. Et je savais qu'elle soulagerait maman. Je ne voulais pas qu'elle croie que nous étions seuls.

Moi, j'avais Maggie et c'était tout ce que je demandais, mais les Higgens réchaufferaient le cœur de maman.

– Je reviens dans quelques minutes, annonça Brady en se levant pour sortir.

– Il va prévenir tes coéquipiers, murmura Maggie en remuant à peine les lèvres.

Son oncle et sa tante discutaient devant la machine à café sans nous regarder.

– C'est lui qui t'a dit ça ? demandai-je.

– Oui, il l'a annoncé dans la voiture. Il s'inquiète pour toi.

Il était temps que les autres l'apprennent. J'aurais dû les prévenir plus tôt. Mais j'avais Maggie et je n'avais pas envie d'en parler avec d'autres gens.

– Il s'en va, je le sens, lançai-je tout haut.

J'avais besoin d'entendre ma propre voix le confirmer.

– Tu vas souffrir. C'est la pire des douleurs. Mais tu es fort et tu t'en sortiras. Tu auras vos souvenirs, ils ne te quitteront jamais.

Elle cessa de parler lorsque sa tante se retourna. J'étais certain qu'elle n'avait pas entendu le chuchotement de Maggie.

Je m'accrochai à ses paroles. Elle savait de quoi elle parlait. Elle ne cherchait pas à me cacher la vérité. Elle ne me tapotait pas le bras en disant que tout irait bien ou qu'elle était désolée. J'allais y avoir bientôt droit de la part de beaucoup d'autres gens.

– Ce matin, maman… Mon Dieu, tu aurais dû la voir s'affoler. C'était terrible.

Ma mère en train de sangloter en s'accrochant à la porte, voilà une image qui ne me quitterait jamais l'esprit. Je me rappellerais toujours ce terrible moment.

Maggie posa le visage sur mon bras.

– Mais elle t'a, West, souffla-t-elle en cachant sa bouche à sa famille. Vous êtes là l'un pour l'autre. Accroche-toi à ça.

Je l'embrassai sur la tête. Tant pis s'ils me voyaient. Je voulais qu'elle sache à quel point elle comptait pour moi. Que je la chérissais. Que je la chérirais toujours, elle et notre amitié.

Brady revint s'asseoir à côté de moi.

– J'ai appelé les autres. Ils arrivent. Ils veulent être avec toi et, que tu l'admettes ou non, tu as aussi besoin d'eux.

Il se trompait, je n'avais pas besoin d'eux. J'avais déjà la personne qu'il me fallait, blottie contre moi. Cependant, je ne le lui dis pas. Je me contentai de hocher la tête. Il ne pourrait pas comprendre.

Deux heures plus tard, les garçons avaient envahi la salle d'attente ; d'autant qu'ils étaient accompagnés de toute l'équipe d'entraînement, mais aussi des parents de Ryker et de Nash, ainsi que des pères d'Asa et de Gunner.

Apparemment, Maggie s'en fichait, elle restait collée contre moi, sa main dans la mienne. Elle ne lâcherait pas prise, et ça faisait du bien de le savoir.

Les mecs ne me demandèrent pas pourquoi je ne leur avais rien dit. Je supposais que Brady les avait prévenus. Ils restaient juste là, silencieux et solidaires.

Les parents me dirent à quel point ils étaient désolés pour mon père. Que je n'hésite pas à les appeler si j'avais besoin de quelque chose. Qu'ils allaient apporter des repas, et d'autres choses comme ça. Je me crispais chaque fois que l'un d'eux compatissait, disant que ce devait être très dur pour moi.

Maman finit par apparaître et elle ouvrit de grands yeux en découvrant cette foule. Et puis elle me chercha du regard. Je me levai, pris avec moi Maggie qui me suivit sans poser de questions, sa main toujours dans la mienne.

Maman m'adressa un sourire triste qui n'étira pas ses yeux.

– Ça va pour le moment, dit-elle. Mais il n'est pas encore réveillé. Si tu veux retourner t'asseoir un peu avec lui, vas-y. Seulement, il ne faut pas y aller à plus de deux ces prochaines heures.

Il fallait que je le voie. Cette fois, Maggie détacha sa main, m'encourageant du regard. Elle voulait que j'y aille avec maman. Si c'était la fin, il fallait que nous soyons tous les deux aux côtés de papa.

– Je suis là, souffla-t-elle. Vas-y.

Je suivis maman dans le couloir. Elle s'arrêta devant la porte de papa et là, je l'aperçus, relié à un tas de machines, l'air si fragile… La dernière fois que je l'avais vu dans un lit d'hôpital, il était plus fort. Pas si malade. Les choses avaient tellement changé en deux mois…

– Parle-lui, dit maman. Je crois qu'il nous entend. Au cas… au cas où ce serait la fin. Dis-lui tout ce que tu veux qu'il sache.

Les mots se bousculaient dans sa gorge et ses yeux s'emplissaient de larmes.

J'entrai le premier dans la chambre, m'approchai du lit, me penchai. Papa respirait mal, fort, comme s'il luttait pour le moindre souffle d'air. Le week-end dernier, il riait avec nous. Je savais qu'on n'en connaîtrait plus de semblable.

– Bonjour Papa, dis-je en restant debout.

J'essayais déjà d'enregistrer tous les détails de ces moments-là.

– Je sais que tu n'es pas fan de cet endroit, mais tu devrais voir la foule dans la salle d'attente, tous ces gens venus pour toi.

En face de moi, maman lui tenait la main.

– Maggie est là aussi, ajoutai-je. Elle est arrivée presque en même temps que nous. S'il y avait moins de gens là-bas, je sais qu'elle voudrait venir te voir.

Je n'étais pas certain qu'il m'entende, bien que maman en paraisse convaincue. Je n'avais plus qu'à l'espérer. J'avais tant de choses à lui dire, mais comment m'y prendre ?

Maggie n'avait pas eu la moindre chance de dire un mot à sa mère. Je n'allais pas laisser passer celle qui m'était donnée.

– Papa, je t'aime tant ! Je suis si fier d'être ton fils ! Toute ma vie, on s'est reposés sur toi, tu nous offrais tes épaules pour nous y appuyer. Un enfant ne pourrait avoir de meilleur père. J'ai le meilleur pa…

Je m'interrompis, déglutis en regardant sa poitrine se hausser à chaque respiration.

– J'ai le meilleur papa. Mais je veux que tu saches que je suis un homme maintenant. Je prendrai soin de maman, je te le jure. Elle ne sera jamais seule. Tu verras, tu seras fier de moi. Ne t'inquiète pas pour nous. Tu nous manqueras tout le temps. Ton souvenir sera toujours avec moi. Mais je ne te laisserai jamais tomber. Je serai l'homme que tu comptais faire de moi.

Maman laissa échapper un sanglot qui me fit monter les larmes aux yeux. J'aimais tant cet homme ! Je n'aurais jamais imaginé la vie sans lui. Il me semblait impossible de l'envisager maintenant. Comme je le lui avais promis, je serais le roc sur lequel s'appuierait maman.

CHAPITRE 27

Je n'aurai pas de regrets

Maggie

Quand West retourna voir son père, j'allai m'asseoir près de tante Coralee. Elle me tapota la jambe et me dit qu'elle était fière que je sois là pour West. Sans ajouter que j'avais eu ma part de chagrin en perdant un parent mais, à son ton, je sentais qu'elle le pensait.

Brady parlait doucement avec Asa, Gunner, Ryker et Nash. Comme s'ils savaient que la mort était proche mais ignoraient comment réagir. Tant qu'on ne l'avait pas vue de près, on ne comprenait pas. J'avais été comme ça, moi aussi. Avant.

Au cours de l'heure qui suivit, Raleigh arriva avec d'autres élèves du lycée. Je ne savais pas s'il fallait se réjouir de la présence de cette fille. Elle me jeta un coup d'œil dès son entrée, l'air parfaitement haineux. Tout comme Serena, elle ne savait pas qui j'étais vraiment pour West. Toutes deux l'avaient connu sous une facette que je n'expérimenterais jamais. Mais là, je connaissais un angle de West qu'elles ne verraient pas non plus. Je comprenais la différence. Pas elles.

Oncle Boone s'entretint avec les coaches en buvant du café. Ils avaient tous l'air morts d'inquiétude. Les gens aimaient bien West et, apparemment, Jude aussi.

Les heures s'écoulèrent. Nous attendions tous. West revenait régulièrement nous annoncer qu'il avait passé une heure supplémentaire avec son père. J'espérais qu'il pouvait lui dire tout ce qu'il voulait, afin de ne pas avoir ensuite de regrets.

Je suivis des yeux Raleigh lorsqu'elle alla parler à Brady. Il se montra poli, mais ne semblait pas ravi de la voir.

Soudain, la voix de tante Coralee retentit près de moi :

– Nous sommes venus chez toi le jour où c'est arrivé. Tu ne t'en souviens sans doute pas. Tu ne réagissais pas bien. Mais comment aurais-tu pu, ma chérie ? J'ai eu le cœur brisé de te voir repousser tout le monde. Seulement tu es là maintenant, avec nous, et nous t'aimons, Maggie, sache-le. Je comprends que tu ne veuilles pas en parler mais, aujourd'hui, alors qu'on est tous assis ici, je veux te rappeler que nous étions là-bas. Et Jorie aussi. Nous tenions à ce que personne ne s'approche trop de toi, ne te bouscule, ne te pousse à faire ce que tu ne voulais pas.

Je me souvenais effectivement de leur présence. J'étais noyée de chagrin, mais j'avais bien vu le visage baigné de larmes de ma tante alors qu'elle écartait les gens de moi. Je ne l'avais pas oublié. À l'époque, je m'en fichais mais, depuis, je lui étais reconnaissante d'avoir fait ça.

Je la regardai en souriant. J'aurais voulu lui dire que j'étais au courant, que je l'en remerciais, cependant les émotions étaient trop fortes aujourd'hui. Quand je pensais à ce que West vivait, je ne pouvais prendre d'autre initiative. Impossible d'essayer de lui parler pour la première fois.

La journée s'écoula, la nuit tomba. La salle d'attente restait pleine de gens. Brady s'était assoupi sur sa chaise et Nash en avait aligné plusieurs pour pouvoir s'allonger.

Heureusement, Raleigh était partie. J'avais poussé un soupir de soulagement quand elle avait renoncé à voir West.

Il n'était pas loin de vingt heures quand il repassa la porte. Il parcourut la foule jusqu'à poser son regard sur moi. Je me levai, une boule dans l'estomac. J'avais eu beau m'y préparer, je n'étais pas certaine de rester assez forte…

Il me tendit la main et je la pris.

– Papa peut recevoir davantage de visiteurs maintenant, me glissa-t-il à l'oreille. J'aimerais que tu viennes.

Je lui serrai la main. Puis il se tourna vers les autres.

– Il est… stable. Il se bat… pour respirer. Mais il dort. Merci d'être venus, d'être ici. Ça fait du bien de savoir que vous vous faites du souci pour nous. Surtout à maman. Elle vous remercie.

Puis il reporta son attention sur moi :

– Prête ?

Je hochai la tête.

Ses doigts s'enroulèrent sur les miens et on passa ces portes que j'avais regardées toute la journée.

La chambre de son père comportait de larges baies vitrées afin que les infirmières puissent le surveiller de loin. Du couloir, on apercevait la tête de sa mère posée contre le dosseret. Elle tenait toujours la main de son mari, semblant s'accrocher à lui comme si cela lui permettait de le retenir.

– Je crois que maman s'est endormie. Elle a beaucoup pleuré aujourd'hui. Ça l'a épuisée.

West me fit entrer en m'appliquant une main au creux des reins, puis me conduisit vers le canapé contre le mur.

Il s'assit, étendit un bras sur le dossier.

– Viens là, près de moi.

À l'évidence, il voulait que je me blottisse contre lui ; ce qui se produisit quand il m'attira par les épaules. Je posai la tête sur sa poitrine et regardai son père respirer, si mal, comme si chaque souffle était un combat…

– Je n'aurai pas de regrets, dit West en m'embrassant sur le front. Merci, c'est grâce à toi si je suis resté la tête hors de l'eau. Si tu ne m'avais pas aidé, je ne sais pas ce que j'aurais fait. Mais là, j'ai pu lui parler, lui dire tout ce que je voulais.

Je me tournai un peu afin de le contempler. Il me paraissait beau sous tous les angles. J'avais envie de lui caresser la joue, de le rassurer. Cependant, ce n'était pas approprié.

Ses yeux se posèrent sur moi, et ce fut le silence. J'essayais juste de le rassurer du regard. Il pouvait compter sur moi.

Un mouvement brisa le charme : Olivia avait relevé la tête et dévisageait Jude d'un air affolé. Puis elle parut soulagée, sans doute parce qu'elle avait vu sa poitrine se remettre à bouger.

Elle lui caressa le bras, poussa un soupir.

– Je n'aurais pas dû m'endormir, s'excusa-t-elle.

– Tu es épuisée, Maman. Papa te dirait de te reposer.

Elle tourna les yeux vers son fils, nous aperçut sur le canapé, et un sourire fatigué lui étira les lèvres.

– Bonsoir, Maggie. Je suis contente qu'ils t'aient laissée entrer. Si Jude était réveillé, il serait ravi de te voir avec West.

Je me rappelais la dernière fois où je l'avais vu. Il riait alors. La vie pouvait être si cruelle…

– Je peux vous apporter quelque chose ? lui demandai-je. Je suis sûre que vous n'avez rien mangé.

– Non, mais merci beaucoup.

Elle remonta les couvertures autour de son mari, redressa son oreiller. West m'attira de nouveau contre lui, et on resta ainsi, en silence, à regarder Jude respirer. Il n'y avait rien à dire. Dans ces moments-là, les mots ne servent à rien.

CHAPITRE 28

Je les remerciai d'être restés

West

À vingt-deux heures, j'avais dit à Maggie de rentrer avec les Higgens. Elle ne voulait pas me quitter, mais il fallait qu'elle dorme. Maman et moi allions passer la nuit ici. Boone nous avait promis de ramener Maggie demain à la première heure. J'avais eu du mal à la laisser partir, mais on voyait dans son regard à quel point elle était épuisée.

À quatre heures cinquante-trois, mon père rendit son dernier soupir. Je ne dormais pas. Je ne pouvais pas. Maman avait réussi à s'assoupir un peu et je l'avais réveillée avant l'arrivée des infirmières. Elle avait embrassé mon père en lui répétant qu'elle l'aimait, puis s'était blottie dans mes bras en sanglotant.

Je la tins ainsi tandis qu'on commençait à débrancher toutes les machines, faisant mes derniers adieux au meilleur homme que je connaîtrais jamais. Il s'était battu comme un lion jusqu'à user ses dernières forces. Je lui avais promis de m'occuper de maman et je m'y tiendrais.

Quand il fallut partir, je tenais encore ma mère dans mes bras et on franchit cette porte pour la dernière fois. On descendit dans le hall d'entrée, vers la salle d'attente que je croyais trouver vide.

Mais non. Brady, Nash, Gunner, Asa et Ryker étaient affalés sur les chaises et les fauteuils. Je leur avais pourtant dit de partir, mais non, pas eux ; avec ces cinq amis d'enfance, on formait une véritable famille.

– Occupe-toi d'eux, dit maman. Moi, je vais appeler ta grand-mère.

Celle-ci ne venait jamais nous voir. Nous allions lui rendre visite de temps en temps, mais cette vieille dame riche et vieux jeu se désintéressait du sort de sa fille. Mon grand-père était décédé d'une crise cardiaque quand j'avais cinq ans. Je ne gardais pas beaucoup de souvenirs de lui. Je ne connaissais pas mes autres grands-parents, du côté de mon père, car ils étaient morts dans un accident d'auto au cours d'une tempête sur l'Old Morphy Bridge, alors qu'il étudiait à l'université. Il était fils unique, comme maman.

Je me sentais un peu hébété. Comme si tout ça n'était pas réel. Comme si j'allais rentrer à la maison et l'y retrouver, qui nous attendrait en demandant à maman de préparer un pain de viande et me questionnant sur ma journée.

Impossible d'admettre qu'il était vraiment parti.

Je commençai par Brady, avachi dans un fauteuil, sa casquette de base-ball fichée sur les yeux. Il sursauta quand je lui remuai l'épaule. Je n'eus pas besoin de dire un mot pour qu'il comprenne.

Il se leva, me serra dans ses bras.

– Désolé, mec. Franchement.

Après quoi, il m'aida à réveiller les autres. Tous me dirent combien ils étaient désolés et que je n'hésite pas à les appeler si j'avais besoin d'eux. Je les remerciai d'être restés, leur dis que je les préviendrais quand je saurais où aurait lieu l'enterrement.

Brady fut le dernier à sortir de la salle. Il s'arrêta.

– Tu veux que je réveille Maggie pour l'avertir ? Je peux aller la chercher si… si tu veux.

Je secouai la tête. Je voulais maintenant ramener maman à la maison, pour qu'elle se couche ; et puis Maggie devait encore se reposer. Elle avait passé plus de dix-sept heures avec moi, sans dormir.

– Quand elle se réveillera, demande-lui de m'appeler.

Brady fronça les sourcils. J'avais parlé d'appeler, pas d'envoyer un SMS. Il ne comprenait pas. Heureusement, il s'en tint là et partit en acquiesçant de la tête.

Et moi, je me répétais encore les paroles de Maggie quand elle me disait que j'étais fort. Que je tiendrais le choc. Après quoi, j'allai chercher maman pour la raccompagner à la maison.

Une fois qu'elle se fut endormie, je m'effondrai sur mon lit. Toujours un peu abruti, incapable d'enregistrer la réalité.

Je dormis plus de quatorze heures d'affilée. Il faisait déjà nuit quand je rouvris les yeux. J'entendis maman parler à quelqu'un, remercier pour le repas. Ce devait être le coup à la porte qui m'avait réveillé.

Je me levai, enfilai une chemise et un pantalon puis descendis voir comment elle se portait. J'avais espéré me réveiller avant elle. Je ne pensais pas dormir toute la journée.

Maman se rendait à la cuisine, un plat offert par les voisins dans les mains. Elle tourna vers moi des yeux cernés.

– Miriam Lee nous a préparé de quoi dîner, dit-elle avec un sourire forcé. C'est gentil de sa part.

Miriam était la mère de Nash. Sans être une véritable amie, elle avait toujours été gentille avec maman. Elle ne fréquentait pas beaucoup les autres femmes de Lawton mais, depuis que j'étais allé chez Nash, je savais que c'était une personne bien.

– Tu vas en manger ? demandai-je en espérant qu'elle dirait oui.

Je n'en avais moi-même pas très envie, mais il fallait qu'on avale quelque chose. Elle renifla le plat, puis s'essuya les yeux.

– Je n'ai pas très faim.

– Quand est-ce que tu as mangé pour la dernière fois ?

Elle haussa les épaules. Alors, je la rejoignis, lui passai un bras sur l'épaule puis la fis asseoir à table.

– On va dîner tous les deux. Il le faut.

Elle obéit machinalement tandis que j'attrapais deux assiettes et y disposais une partie des lasagnes. J'ajoutai des couverts, puis apportai des verres et de l'eau. Après quoi, je m'assis à mon tour.

– Il voudrait qu'on mange, Maman. Je lui ai promis de m'occuper de toi. Aide-moi à tenir ma promesse.

Elle renifla de nouveau mais obtempéra. J'attendis qu'elle avale une bouchée avant de m'y mettre. On mangea en silence. C'était très bon, et je m'aperçus alors que je mourais de faim. Je retournai me servir avant que maman n'ait fini son assiette.

– Je vais prendre un bain et me coucher, m'annonça-t-elle ensuite. Il reste des somnifères de ton père. Je crois que je vais en prendre un. Je n'ai pas beaucoup dormi, avec ces pensées qui me trottent dans la tête. Il me manque déjà tellement…

Déposant mon assiette, j'allai l'embrasser sur la joue.

– Il va nous manquer à tous les deux, Maman. Pour toujours. Mais on reste ensemble et on s'en sortira.

J'entendais les encouragements de Maggie à mesure que les mots me sortaient de la bouche. Sans elle, aurais-je été capable de dire ça ? D'aider ma mère à tenir le coup ? J'en doutais.

– Merci, murmura maman en me tapotant le bras.

Après quoi, elle se leva et partit vers sa chambre.

Je regardai mon assiette. Je n'avais plus faim du tout.

CHAPITRE 29

Je le reprends

Maggie

En apprenant la nouvelle, ce matin, j'avais appelé West, mais pas de réponse. Je lui avais envoyé deux textos, sans plus de résultat. J'envisageais de me rendre à pied chez lui, à six kilomètres et quelques, quand je m'avisai qu'il dormait peut-être.

J'attendis. Toute la journée.

Il était vingt et une heures passé lorsque mon téléphone sonna enfin. Blottie sur la banquette de ma fenêtre, à guetter un signe de lui, je vis l'écran s'allumer sur son nom.

– Salut, dis-je en le collant à mon oreille.

– Salut. Désolé de pas avoir répondu plus tôt. J'ai dormi toute la journée. Ça ne fait pas longtemps que je suis réveillé. La mère de Nash nous a apporté un plat de lasagnes, comme ça, j'ai pu faire manger quelque chose à maman. Elle est retournée se coucher.

– J'espérais bien que tu dormais. Tu as mangé toi aussi ?

– Oui. Très bonnes, ces lasagnes.

– Désolée d'être partie. J'aurais dû rester.

Toute la journée, j'avais regretté de l'avoir lâché. Je n'aurais pas dû me laisser convaincre d'aller me coucher. Je n'étais pas là quand il avait perdu son papa. Heureusement, Brady était resté. Au moins ça.

– Tu n'aurais rien pu faire. Je voulais que tu te reposes. Ne t'excuse pas alors que j'étais le premier à te le conseiller.

– Comment va ta maman ?

– C'est difficile, soupira-t-il. Il lui manque.

– Et toi, comment ça va ?

Il ne répondit pas tout de suite, et je voulus ravaler cette question. On avait déjà dû la lui poser mille fois.

– J'ai du mal à accepter, je crois. C'est vraiment arrivé ? J'ai parfois l'impression qu'il va revenir, repasser cette porte. Je n'y crois pas…

Je connaissais cette impression. Après avoir cessé de crier dans mon coin, j'avais passé plusieurs jours à guetter le retour de ma mère, espérant qu'elle allait me ramener chez nous. Ou alors, je me réveillais en plein cauchemar.

– Ça va se tasser, dis-je. Mais ce n'est jamais facile. On peut dire que tu gères.

Il ne répondit pas tout de suite mais reprit, après un silence :

– J'ai dormi toute la journée. Je ne vais pas fermer l'œil de la nuit. Est-ce que… est-ce que tu te glisserais dehors une fois que ton oncle et ta tante seront couchés, pour venir faire un tour avec moi ? J'ai envie de bouger, mais pas tout seul.

À un peu plus de vingt-trois heures, je me glissai dehors par la fenêtre, descendis l'échelle à incendie. Comme elle n'arrivait pas jusqu'en bas, West m'attendait dessous pour que je puisse sauter dans ses bras.

– On y va, me souffla-t-il à l'oreille en me prenant la main.

On courut dans l'allée jusqu'à son pick-up.

C'était la première fois de ma vie que je faisais le mur. Mais avec West, ça me semblait normal. Je m'apercevais que j'étais capable de tout pour lui.

Il ouvrit la portière passager, m'aida à m'asseoir avant de venir s'installer au volant. Il n'alluma les phares que quand on fut sur la route.

– Merci, me dit-il alors.

La lune éclaira le vide de ses yeux, un vide que je ne connaissais que trop. Cette sensation ne disparaîtrait pas de sitôt. Et quand bien même, il y aurait des jours où il s'éveillerait pour la prendre encore en pleine figure.

Je détachai ma ceinture, me rapprochai du milieu, la refermai et posai la main sur celle de West. Je ne pouvais rien faire pour apaiser son chagrin. Personne ne le pouvait. Mais j'avais au moins la ressource de rester auprès de lui afin qu'il ne se sente plus seul.

Il souleva les doigts pour les entrelacer avec les miens. Ce geste signifiait davantage pour moi que pour lui, mais peu importait. Au moins, je pouvais y goûter.

On roula plus d'une demi-heure sans parler ni écouter de musique. J'ignorais où nous allions mais, du moment que j'étais avec West, je m'en fichais. On avait quitté Lawton depuis un moment et si on continuait dans cette direction, on allait bientôt se retrouver dans le Tennessee.

– Je voudrais te montrer quelque chose, dit-il en ralentissant pour quitter l'autoroute.

On roula un peu plus d'un kilomètre avant qu'il ne s'engage sur un chemin de terre entre de hauts arbres, plutôt lugubres dans la nuit.

Comme on laissait les arbres derrière nous, je vis qu'on débouchait sur un belvédère dominant une petite ville à peine éclairée. West ouvrit sa portière et descendit, me tendit la main.

– Viens, me dit-il avec un sourire.

Je serais allée n'importe où si ça pouvait me valoir un sourire comme celui-ci.

Je pris sa main et me glissai de son côté. Là, il m'attrapa la taille et me souleva dans ses bras au lieu de me laisser descendre toute seule. Je n'allais pas m'en plaindre. Ses mains restèrent sur moi un peu plus longtemps que nécessaire et je ne pus m'empêcher de souhaiter qu'on soit un peu plus que des amis. Que West soit à moi. Car, qu'il s'en rende compte ou non, j'étais à lui.

Je le suivis au bord du parapet. Je n'avais pas le vertige, mais je n'allais pas non plus me pencher comme une malade.

– C'est Lawton, m'expliqua-t-il. Ça paraît minuscule vu d'ici. Paisible. On n'y voit pas de chagrin. Pas de perte.

Je relevai les yeux vers lui.

Il avait mis les mains dans ses poches de son jean pour regarder en bas. Le clair de lune ne le rendait que plus beau.

– Papa m'amenait ici quand j'étais petit. Il disait que je serais la plus belle réussite de Lawton. Que je réussirais tout ce que j'entreprendrais. J'adorais regarder ma ville d'en haut, me dire que je la dominais. Du moins, c'était ce qu'il me semblait.

Il partit d'un petit rire triste avant d'ajouter :

– Mais sans papa, je ne rêve plus à ça. Je me fiche d'être la plus belle réussite de cette ville ; d'ailleurs, ce ne sera pas moi, ce sera Brady. Moi, je veux juste vivre, oublier, me rappeler.

– Tu vivras et tu te rappelleras tu n'oublieras jamais. Un jour, ces souvenirs te seront précieux.

– Il n'y a que toi, Maggie, balbutia-t-il d'un ton angoissé. Tu es l'unique personne dont j'aie envie de me rapprocher. Je ne me suis jamais confié à qui que ce soit d'autre. Mais quelque chose en toi m'a touché dès l'instant où je t'ai vue. Et je… je ne sais pas quoi faire… avec toi. Je ne sais pas ce qui m'arrive.

– Tu te rappelles la première fois qu'on s'est rencontrés ?

Je ne pouvais pas laisser passer ça. Il devait reconnaître qu'il m'avait embrassée. Bon, ce n'était peut-être pas le moment mais, d'un autre côté, ça lui changerait les idées. Il en avait bien besoin.

Un petit sourire étira ses lèvres, tandis qu'il détournait les yeux pour se remettre à contempler la ville.

– Oui, ce n'est pas vraiment le genre de chose que peut oublier un mec.

D'accord… Autrement dit, il se rappelait m'avoir embrassée ? Ou juste avoir remarqué que je ne parlais pas ?

– Tu n'as jamais mentionné ce soir-là, insistai-je.

– Mais j'y pense tout le temps. Même si je ne devrais pas. J'y pense.

J'en fus heureuse. Parce que c'était aussi un de mes souvenirs préférés.

– Et toi ? me demanda-t-il.

Je fis oui de la tête, mais ne dis rien. Alors, il se rapprocha de moi et les battements de mon cœur s'accélérèrent.

– Tu y penses souvent ?

S'il s'approchait encore, je n'étais pas certaine de pouvoir continuer à respirer. Je hochai tout de même la tête.

– Ça t'a plu ?

Waouh ! Là, j'avais besoin d'air. West tout près de moi qui me demandait si j'avais aimé notre baiser… Je laissai échapper malgré moi :

– Et toi ?

– Plus qu'aucun autre, sourit-il.

Là, je parvins à soutenir son regard.

– Moi, c'était le seul de ma vie.

Il parut tellement surpris que c'en était attendrissant.

– Quoi ? demanda-t-il.

Il fallait bien que je lui dise maintenant à quel point cet unique baiser comptait pour moi. J'espérais juste que c'était la même chose pour lui.

– C'était mon tout premier baiser, le seul de ma vie.

Il n'avait pas l'air de me croire ; il finit par renverser la tête en arrière en marmonnant un juron, puis se détacha de moi. Pas du tout la réaction que j'aurais attendue de lui.

Je ne voyais trop comment réagir. Car si je savais consoler son chagrin, j'étais nulle en matière de relations garçon-fille.

J'allais lui dire quelque chose quand il revint vers moi et, sans me laisser le temps de réagir, posa les mains sur ma taille, me serra contre lui.

– Le premier baiser d'une fille ne devrait jamais être donné par un crétin qui se défoule ainsi de sa colère contre la vie. Des lèvres aussi douces ne devraient pas être traitées comme je l'ai fait. Je ne peux pas le reprendre, mais je peux le remplacer. Par quelque chose de mieux.

Là-dessus, il se pencha en murmurant :

– Voilà à quoi aurait dû ressembler ton premier baiser.

Sa bouche se posa sur la mienne, ses mains me prirent délicatement le visage. Et puis sa langue se glissa entre mes lèvres que je lui ouvris aussitôt.

Je me blottis contre lui en caressant ses cheveux. La tiédeur de son souffle mentholé ne faisait qu'accroître mon appétit. Quand le bout de sa langue glissa le long de la mienne, je me mis à trembler.

Ses mains redescendirent sur ma taille tandis qu'il m'étreignait avec plus de vigueur, m'embrassait encore plus fort. À croire qu'il ne pouvait se rassasier de moi. Mes mains continuaient de parcourir ses cheveux en le retenant contre moi. Craignant qu'il ne me quitte à nouveau, j'avais peur de ne pas supporter l'idée qu'il regrette un jour ce moment. Je ne voulais pas qu'il fasse comme si de rien n'était.

J'entendis alors un gémissement et m'aperçus que cela provenait de moi. West se redressa. Il n'alla pas loin, posant juste son front contre le mien, respirant bruyamment.

– Je le reprends. Celui-ci… celui-ci était le meilleur de ma vie.

Mon corps vibra de plaisir. Ainsi, j'avais réussi à lui montrer qui j'étais. Moi. Son amie. La fille qu'il ne devait pas toucher.

CHAPITRE 30

Je ne voulais pas la perdre

West

J'avais juste voulu réparer. Donner un caractère spécial à son premier baiser. Lui offrir ce qu'elle méritait. Mais bon sang, c'était encore plus délicieux que dans mes souvenirs ! Son corps devait être vénéré, il se moulait parfaitement entre mes mains. Et puis ces petits cris… il m'en fallait davantage.

Merde.

Je n'avais pas du tout l'intention d'en arriver là. Notre relation valait mieux que ça. Mieux qu'une simple attirance charnelle. C'était plus profond, et je ne voulais pas le perdre. Si j'en obtenais davantage, je gâcherais tout et la perdrais. Or, pas question de perdre Maggie. Je ferais n'importe quoi pour la garder. Y compris ne pas profiter davantage de cette bouche humide et gonflée à la suite de mon baiser.

– West ? murmura-t-elle d'un ton gêné.

J'obligeai mes mains à la relâcher.

– Ce… c'est comme ça que ça aurait dû se passer, dis-je.

Elle se passa les doigts sur les lèvres et je sentis mes jambes flageoler. Il fallait absolument qu'elle arrête ce petit jeu.

Elle m'étudiait de son regard qui n'avait plus rien de voilé comme lorsque je m'étais détaché d'elle. En fait, elle ne savait plus où elle en était, à cause de moi. Merde.

– Je voulais que ton premier baiser soit parfait, Maggie, c'est tout.

Et ça sonnait complètement faux.

Baissant les yeux, elle laissa retomber ses bras le long du corps.

– Il était parfait. Tous les deux. Juste différents.

L'aurais-je blessée ? Pourquoi ne me regardait-elle plus ?

– Ça va ? J'ai fait quelque chose de mal ? Ne m'en veux pas. Je ne voulais pas t'embêter.

Elle sourit, toujours sans me regarder, avec une infinie tristesse, semblait-il.

– Tu n'as rien fait de mal. C'est juste que j'étais surprise. Mais pas embêtée… Merci.

Sans plus en reparler, on regagna mon pick-up et elle s'assit à côté de moi, les yeux fixant la vitre. On parla un peu, mais pas beaucoup. Je n'en voulais pas plus. Juste l'avoir auprès de moi. Quand je serais seul, je me rappellerais les instants où je l'avais tenue dans mes bras. Son goût, les sons qu'elle avait émis, à m'en rendre fou. Mais, pour le moment, j'étais juste content de l'avoir auprès de moi.

Vers trois heures du matin, je la ramenai devant sa chambre puis rentrai à la maison. Maman dormait paisiblement. Les pilules avaient bien dû l'y aider. Je voulus prendre une douche, mais l'odeur sur ma chemise m'en dissuada, avec sa petite touche de vanille… Je ne me changerais même pas.

Je m'allongeai sur mon lit et m'endormis en pensant à Maggie. Je rangeai au fond de ma mémoire les détails de ce baiser. Je n'étais pas prêt à les affronter pour le moment.

Le lendemain, je passai la journée à aider maman dans les préparatifs de l'enterrement. Papa avait laissé quelques souhaits à ce sujet ; j'eus du mal à lire le papier où il les avait inscrits. À plusieurs reprises, je pris mon téléphone car je voulais entendre la voix de Maggie. Mais je ne composai pas son numéro.

Il fallait que je sois fort pour ma mère aujourd'hui. Ce n'était pas le moment de déranger Maggie.

Je passai mon temps à vérifier que maman mangeait et dormait ; je répondis chaque fois qu'un voisin sonnait pour nous apporter un plat. Je me demandais juste où on allait ranger tout ça. On n'avait plus de place. J'avais rempli le congélateur et le réfrigérateur. À présent, les casseroles s'alignaient sur le bar. Quant au dernier gâteau, il attendrait sur la table.

Pourquoi croyaient-ils que la nourriture nous ferait du bien ? J'avais déjà assez de mal à inciter ma mère à manger. Et je n'allais pas avaler ça tout seul.

L'enterrement devait se dérouler trois jours après le décès de papa. Entre l'organisation de la cérémonie, les appels téléphoniques et le soutien à ma mère, je n'avais pas eu le temps de discuter plus d'une heure avec Maggie. Je n'avais pas assisté à un cours de la semaine ni commis l'erreur d'essayer de la voir. J'étais dans un tel état d'émotion à ce moment-là que je risquais de l'embrasser encore. De la serrer dans mes bras. J'avais de plus en plus besoin d'elle, et ça me faisait peur car je n'avais aucune confiance en moi : je risquais de pousser trop loin et de tout gâcher. Je gâchais toujours tout.

Je ne voulais pas la perdre.

CHAPITRE 31

Tu ne guéris pas, tu esquives

Maggie

Je ne me mis pas en noir. Il y en aurait assez comme ça. Assez de tristesse. Je ne me souvenais pas bien de l'enterrement de ma mère. La seule chose que je gardais en mémoire, c'était le noir. Je détestais tout ce noir. Ma mère haïssait le noir. Elle trouvait ça terne. Tout le monde avait besoin de couleur dans sa vie.

Jude non plus n'aurait pas trop aimé. Il voulait rire, sentir l'éclat de la vie. Je choisis donc une robe verte, assortie à mes yeux. Parce qu'il les trouvait beaux.

On se rendit ensemble, avec oncle Boone, tante Coralee et Brady, à la cérémonie d'inhumation. La plupart des enterrements dans le Sud se déroulaient dans des églises ou des funérariums avant de suivre le cercueil vers la tombe. Mais West avait dit que son père ne voulait pas d'une longue cérémonie. Il préférait quelque chose de rapide, de facile, d'ordinaire.

On se gara dans la rue, comme tout le monde, puis on se dirigea vers la tente blanche où les gens commençaient à se rassembler. Je cherchai West des yeux et nos regards se croisèrent. Il se tenait près de sa mère, prêt à vivre la journée où tout allait devenir réel pour lui.

Ce n'était pas à l'enterrement de ma mère que j'avais tout compris, parce que j'étais trop mal à l'époque, incapable d'accepter la situation. Mais je savais qu'en voyant le cercueil de son père s'enfoncer dans la terre, West accuserait le choc. Et je serais là s'il avait besoin de moi.

Il me fit signe de venir le rejoindre. Sans regarder mon oncle et ma tante, car je savais qu'ils comprendraient, je remontai l'allée jusqu'à ce qu'il me prenne la main. Il la serrait trop fort et j'en conclus qu'il n'allait pas bien.

– J'aime bien ta robe, me glissa-t-il à l'oreille. Elle est assortie à tes yeux.

Je levai la tête vers lui :

– Ton père aimait mes yeux.

– C'est vrai, dit-il en souriant. Et il aurait aussi aimé ta robe.

D'autres gens arrivaient pour présenter leurs condoléances. Durant tout ce processus, West ne lâcha pas une fois ma main. Sa mère se laissa tomber en sanglotant doucement lorsque le pasteur se mit à parler.

Je sentis West frémir quand il dut déposer sa rose sur le cercueil. Je le laissai se détacher de moi pour s'avancer vers la tombe.

– Tu seras toujours mon héros, lâcha-t-il assez fort pour que je l'entende.

Puis il revint vers moi, l'expression tendue. Il retenait les émotions qui l'étranglaient afin de se donner une certaine assurance devant sa mère.

Sa main revint aussitôt dans la mienne.

Je n'entendis pas vraiment ce qui se dit ensuite. J'étais trop concentrée sur West et son attitude rigide. Il semblait pétrifié et paraissait me retenir comme s'il avait peur que je m'enfuie.

Pas de souci. Je n'avais pas l'intention de le quitter.

Alors que le cercueil descendait dans la tombe, West inspira longuement et sa mère se releva pour lui saisir la main. Il lui passa le bras sur l'épaule, la serra contre lui.

Lentement, les gens commencèrent à partir. Certains passèrent devant West en le tapotant dans le dos et en glissant quelques mots à sa mère, mais tout se passa discrètement. Brady, Asa, Nash, Gunner et Ryker étaient tous venus le rejoindre ; ils lui serrèrent l'épaule, en murmurant des paroles comme « Je suis là si tu as besoin de moi », « Désolé, mon pote », « Si tu as besoin de moi, appelle-moi ».

West leur répondit à tous d'un mouvement de la tête. Ils serrèrent ensuite Olivia dans leurs bras, ce qui la fit pleurer plus fort encore. Après quoi, ils s'en allèrent. Je ne savais pas ce que West attendait de moi, mais je pensais à mon oncle et à ma tante qui devaient m'attendre.

– Je reste si tu veux, lui dis-je.

Il jeta un coup d'œil à sa mère, revint vers moi :

– Tu pourras sortir ce soir ?

Je ferais tout ce qu'il voudrait. Je hochai la tête.

– Je t'attendrai au pied de l'échelle à vingt-trois heures.

– On se retrouve là-bas.

On frappa à la porte de ma chambre vers vingt-deux heures. Je savais que mon oncle et ma tante étaient déjà couchés, autrement dit, ce ne pouvait être que Brady. J'avais passé le reste de la journée ici, à essayer de lire, mais sans cesser de penser à West et à sa mère. S'il téléphonait, je voulais être seule pour pouvoir lui répondre.

J'ouvris à Brady, l'interrogeai du regard. Il ne venait jamais dans ma chambre. Il n'essayait même pour ainsi dire plus de me parler.

– Je peux entrer ? demanda-t-il.

Hochant la tête, je m'effaçai pour le laisser passer. Je me doutais qu'il voulait parler de West. Lui aussi avait dû s'inquiéter toute la journée.

Il entra les mains dans les poches, l'air incertain.

– Papa et maman dorment, commença-t-il, et les voix portent dans le couloir. Tu pourrais fermer la porte ?

J'obtempérai.

– Je t'ai vue lui parler aujourd'hui. J'avais déjà eu cette impression, mais là c'était évident.

Je m'attendais à ça. J'avais eu beau essayer de ne jamais parler en public, certaines fois, comme aujourd'hui, je ne songeais plus à rien d'autre qu'à réconforter West.

Je ne répondis pas. Que voulait-il que je lui dise ? S'attendait-il à ce que je le reconnaisse et lui parle ? Parce que ça changerait tout. Je devrais ensuite faire face à tous ces gens qui attendaient que je m'explique. Ils empiéteraient sur ma vie privée et voudraient savoir ce que je refusais de leur dire.

En ne parlant pas, je préservais ma carapace protectrice et je n'étais pas prête à la lâcher.

– Je ne l'ai pas vu qu'une fois, Maggie, mais plusieurs, même au lycée. Tu ne remues pas toujours la bouche sauf quand West t'écoute. Ça se voit à son expression. Je ne suis pas ici pour te demander de me parler. Ni à moi ni à personne. Juste je… je ne comprends pas. Si tu peux parler, pourquoi tu ne parles qu'à West ?

Il en posait des questions, auxquelles il voulait que je réponde avec ma voix. Mais non, pas ce soir. J'allai chercher le carnet sur ma banquette, pour écrire :

Il a besoin de moi. Je le comprends, je comprends sa douleur.

Je le tendis à Brady.

– Alors, dit-il, c'est ça votre relation ? C'est pour ça qu'il est tout le temps avec toi et qu'il te tient par la main et qu'il se comporte comme si tu l'aidais à respirer ? Il ne mentait pas en disant que vous étiez juste amis. Tu l'aides à… tenir le choc.

Je hochai la tête.

Il parut soulagé et me rendit mon carnet.

– Pigé. Mais un jour, il faudra que tu te concentres aussi sur toi. C'est malsain de se cacher comme ça du monde. Tu ne guéris pas. Tu esquives.

Non, je me protégeais. Ce que je ne lui écrivis pas. Je préférais qu'il s'en aille maintenant, ou me dise autre chose.

Petit ding sur mon téléphone. Je le sortis de ma poche.

Je suis dehors. Je t'attends au pied de l'échelle.

Je ne pus m'empêcher de regarder par la fenêtre.

– Il est en bas, c'est ça ? demanda aussitôt Brady.

Je pouvais mentir, mais j'avais confiance en lui. Et puis c'était l'ami de West. Alors je fis oui de la tête.

– Méfie-toi, Maggie, dit-il avec un sourire triste.

Il m'avait déjà dit ça. Plusieurs fois. Je me l'étais dit aussi. Mais ça ne comptait plus. J'avais passé le stade de la prudence avec West, et je ne savais pas comment y remédier. Ni même si j'en avais envie.

Brady s'en alla et je fermai la porte derrière lui, puis je me précipitai vers la fenêtre pour descendre.

CHAPITRE 32

C'était sans doute égoïste, mais tant pis

West

La réalité de la mort de mon père m'avait explosé à la figure à l'instant où j'avais vu son cercueil descendre dans la tombe. Là, ça devenait vrai. Maggie avait raison. Ce n'était pas une douleur qu'on pouvait décrire et rien ne pouvait l'apaiser.

Maman avait pleuré tout l'après-midi. J'avais fini par lui faire prendre un somnifère et elle s'était couchée. Je m'étais montré aussi fort que possible pour elle. Il fallait que je lâche prise moi aussi. Mais, égoïstement, je voulais encore garder Maggie auprès de moi. Avec elle, je ne m'abandonnerais pas à mon chagrin. Elle m'empêcherait de tomber.

Je la vis ouvrir la fenêtre et descendre. Aujourd'hui, elle ne m'avait pas posé de question idiote genre « Ça va ? » ou « Je peux faire quelque chose ? ». Elle était là, me communiquant silencieusement sa force.

Alors qu'elle posait les pieds sur l'échelle, je retins les montants pour l'immobiliser et être prêt au cas où.

Je n'avais pas besoin de parler. Je voulais juste qu'elle m'accompagne en silence. Et elle accepterait. Ce qui faisait vraiment d'elle un être à part.

– On y va, lui dis-je quand elle se retrouva en bas.

Dans le pick-up, elle ne chercha pas à s'asseoir au milieu comme la dernière fois. J'aurais bien aimé, pourtant je ne l'y poussai pas. Elle était là parce qu'elle l'avait bien voulu. Notre amitié s'effritait et je ne savais pas comment arrêter ça. Mais ce soir, je n'y tenais pas trop.

On roula sans rien dire, sans écouter de musique, jusqu'au belvédère. Là, je coupai le moteur, éteignis les phares et ne bougeai plus. Les lumières de la ville me rappelaient papa. J'éprouvai une violente douleur à la pensée qu'il ne reviendrait jamais ici, qu'il ne s'assiérait plus dans mon pick-up, en se moquant de ma conduite. Qu'il ne… Qu'il ne me verrait jamais recevoir mes diplômes. Qu'il ne serait pas là quand je me marierais. Qu'il ne serait pas le grand-père de mes enfants.

Ma gorge se serra et je tapai sur mon volant pour me défouler un peu. Il était parti. À jamais. Je ne reverrais jamais mon père.

La main de Maggie se posa sur mon bras. Je ne pouvais rien dire. Si son père était placé dans le couloir de la mort, elle en souffrirait également. Au moins, il était en prison. Il respirait. Il était là même si elle ne voulait jamais le revoir.

– Il t'arrive d'être obsédée par l'idée de tout ce que ta mère ne verra pas dans ta vie ? lui demandai-je.

– Oui. Sans arrêt.

Elle vivait le même enfer, je me le répétais sans cesse, je n'étais pas le seul. À cette idée, je commençai à me détendre un peu, au moins pour desserrer mes mains crispées sur le volant.

À cet instant, je pris une décision. Tant pis pour les convenances. Je ne tenais pas à protéger notre amitié. J'avais avant tout besoin de Maggie. Et d'oublier tout le reste. C'était sans doute égoïste, mais tant pis.

Je me tournai vers elle, lui passai une main dans les cheveux puis posai ma bouche sur la sienne. Je lui laissai le temps de réagir. Si elle ne voulait pas, elle pouvait me repousser.

Elle n'en fit rien. Au fond, je m'en doutais. Je savais qu'elle éprouvait les mêmes sentiments que moi.

Chaque fois qu'elle m'effleurait la peau de sa main, je me sentais plus affolé. J'en voulais davantage. Aussi, quand elle se pencha, je lui posai les mains sur les hanches et m'installai auprès d'elle sur la place passager. Je fis courir mes pouces le long de sa taille alors qu'elle croisait les bras autour de mon cou, et le T-shirt qu'elle portait se souleva.

Son frémissement ne fit qu'accélérer les battements de mon cœur. Elle aimait ça autant que moi. Son regard semblait refléter tout ce que j'éprouvais.

– Lève les bras, Maggie.

Ce qu'elle fit sans la moindre hésitation, me laissant lui ôter son T-shirt. La peau crémeuse et délicate de ses épaules lui donnait l'air d'un ange.

Elle ferma les yeux et respira profondément quand j'abaissai les bretelles de son soutien-gorge, avant de le détacher.

– Tu es belle, dis-je.

Je l'embrassai dans le cou, la sentis déglutir. Ses mains s'accrochèrent à mes épaules et ça me plut. Non, en fait j'adorais ça. Je ne m'étais jamais senti aussi proche de quelqu'un.

– West, murmura-t-elle.

Elle allait causer ma perte. Cette fille. J'allais lui appartenir.

CHAPITRE 33

Tu me fais confiance ?

Maggie

Il souffrait. Je ne devais pas l'oublier. Il était perdu, désespéré, il cherchait un réconfort. J'aurais dû pourtant l'arrêter, l'empêcher de faire une chose qu'il regretterait ensuite.

Mais je ne pouvais pas.

Il posait sur moi des regards éperdus de désir. À croire que j'étais si belle…

Je me sentais complètement craquer.

Ça ne m'était jamais arrivé ; mon corps ne savait pas qu'il pourrait ressentir de telles choses. Et ça me plaisait trop pour que je veuille arrêter.

– West…

Mais ses baisers me firent vite oublier pourquoi j'avais seulement dit son nom.

Prise de vertige, je n'arrivais plus à respirer. À moins qu'au contraire je ne respire trop. Je ne savais pas. Je voulais juste que tout ça continue.

Sa main s'appuya fermement dans mon dos, pressant ma poitrine nue contre la sienne.

– Tu es si sexy, articula-t-il en me dévorant les lèvres.

J'étais d'accord, je le trouvais sexy moi aussi.

Je m'étais tellement perdue dans ses baisers que je ne remarquai pas tout de suite les mouvements de sa main qui pénétrait sous la couture de ma culotte.

J'avais envie de croire qu'il me désirait. Mais je craignais que la première venue fasse tout aussi bien l'affaire. Si c'était Raleigh, se comporterait-il ainsi ? Était-ce juste une distraction pour lui, avec celle qui lui tombait sous la main ?

Cette pensée me serra le cœur. Je ne voulais pas être qu'une distraction. Il comptait trop pour moi. Mais comment lui dire non quand il souffrait tant ?

– West… m'étranglai-je.

Il s'immobilisa, puis laissa tomber la tête sur mon épaule.

– Personne ne m'avait jamais fait cet effet, Maggie.

Je n'avais aucun élément de comparaison, mais je doutais que quiconque me fasse le même effet que West.

– Quand je suis avec toi… comme ça… j'en ai tant rêvé… Je ne peux pas t'expliquer, et je ne veux pas te perdre.

Exactement ce que je voulais entendre.

– D'accord, répondis-je.

Maintenant, je savais que je ne regretterais jamais ces moments avec lui. Je tremblais encore plus quand je sentis sa main descendre plus bas.

– Tu me fais confiance ? demanda-t-il d'une voix cassée.

Incapable de parler, je hochai la tête.

Mon cœur battait si fort que je croyais l'entendre. J'avais le corps en feu, prêt à exploser, à se fondre dans un bel oubli.

J'avais dit que je serais qui il voudrait, que je ferais ce qu'il voudrait.

Je constatais maintenant à quel point j'avais raison.

– J'ai besoin de toi, dit-il en relevant lentement la tête. Non, je te désire. Toi. Rien que toi. Rien ni personne d'autre.

Il rouvrit des yeux vitreux où perçait une émotion mal contenue.

– Qu'est-ce que tu attends de moi ? lui demandai-je.

– J'ai trop besoin de toi. Je te désire tellement ! Tu es juste… je suis juste… Tu es la seule qui puisse apaiser mon chagrin, Maggie.

Il tentait de survivre. Je lui donnais une raison de survivre. Il la prenait. Mais j'étais prête à me donner tout entière à lui.

Je lui passai la main dans les cheveux pour le rassurer. Bien sûr, il n'était pas prêt à m'entendre lui dire que je l'aimais. Je n'étais même pas sûre qu'il voudrait jamais l'entendre. Mais je lui devais au moins une petite partie de la vérité.

– Je veux continuer. Je te désire. Ne t'excuse pas. Prends ce que tu veux, je te le donne volontiers.

Il ne répondit pas tout de suite. Quand il releva la tête, je vis l'ardeur avec laquelle il me contemplait.

– J'en désire davantage que je ne mérite.

Impossible d'imaginer qu'un jour, dans des années, dans des siècles, je considérerais cette nuit avec la moindre amertume. Ne serait-ce que pour nous deux, je me sentais complètement en accord avec West. Peut-être que cela l'aiderait à surmonter sa peine, mais cela m'aiderait aussi à surmonter la mienne. En le voyant perdre son père, j'avais senti remonter ma propre douleur. Et les moments que nous venions de partager me donnaient l'impression d'être plus vivante que jamais.

– J'en désire davantage moi aussi, répondis-je.

– Je ne veux pas te donner le moindre regret. Jamais.

– Moi non plus, je ne veux pas te donner le moindre regret. Jamais, répliquai-je.

Je voulais qu'il chérisse ce souvenir. Je voulais représenter davantage pour lui. Qu'il ne regrette jamais ces moments.

– Aucun des moments que j'ai passés avec toi ne pourrait me donner de regret.

La résolution de son expression me fit frémir. Je me sentais unique. Grâce à lui.

CHAPITRE 34

Rien. Qu'à. Moi.

West

Rien dans ma vie ne m'avait préparé à ça. Je sentais mon cœur prêt à exploser.

J'ôtai le reste de mes vêtements après avoir sorti un préservatif de ma poche. J'étais tellement anxieux que mes mains tremblaient.

Je m'allongeai sur elle avec une folle émotion à la vue de ces yeux qui m'avaient fait tant rêver et ne regardaient que moi, emplis de confiance. Une confiance que j'allais chérir.

Doucement, prudemment, j'entrai en elle et elle demeura tout le temps agrippée à moi. Sans me quitter des yeux.

***

Plus tard, quand elle se blottit contre moi dans le pick-up tandis que je contemplais les lumières de Lawton à nos pieds, je laissai couler une première larme.

Pour tout ce que j'avais perdu.

Pour tout ce que j'avais découvert.

Pour tout ce que je ne devais pas perdre maintenant malgré mes craintes.

Le lendemain, je retournai au lycée. Je ne voulais pas être là quand ma grand-mère arriverait. Je ne voyais pas du tout pourquoi maman lui avait demandé de venir, alors qu'elle ne se manifestait jamais.

Et puis, bien sûr, je voulais voir Maggie.

En la ramenant chez elle, cette nuit, je redoutais tellement de la perdre que je n'avais pas dit un mot. Silence de mort. Au lieu de penser à mes histoires, j'aurais dû me préoccuper de Maggie. J'allais arranger ça aujourd'hui.

Tout ce que j'espérais, c'était que les élèves ne me présentent pas leurs condoléances pour papa. Je n'avais pas envie de penser à ça ni d'attirer leur pitié. Alors, je ne regardai personne en entrant et me rendis tout droit à mon casier.

Maggie était là, ses livres plaqués sur la poitrine. Elle attendait. Une douce chaleur m'envahit et je me précipitai vers elle. Quand elle m'aperçut, ses lèvres s'étirèrent en un petit sourire qui en disait beaucoup. Il m'était adressé. À moi et à personne d'autre.

J'aimais trop ça.

– Bonjour, dis-je en m'approchant.

Je l'attirai contre moi avant de déposer un baiser sur ces lèvres qui me souriaient à moi tout seul.

Au début, elle se raidit mais se laissa vite aller, ouvrit la bouche. Je ne voulais pas que les autres voient comme elle était désirable avec ces lèvres gonflées, alors je l'attirai dans un coin après y avoir assez goûté pour me sentir rassasié durant la première heure de cours. Néanmoins, je gardai la main dans son dos pour mieux l'attirer contre moi.

– Ah, bonjour, répondit-elle, l'air un peu troublée.

Je lui embrassai le bout du nez.

– Tu es toujours si jolie !

Ses joues s'empourprèrent, et elle pencha la tête de côté.

– Je ne savais pas que tu viendrais aujourd'hui, dit-elle.

Moi non plus. Jusqu'à ce que je me réveille en pensant à elle. Maggie était ici et c'était ici que je voulais être. Avec elle.

– C'est parce que tu es là.

Il fallait bien le reconnaître. Elle devait savoir ce que je ressentais. Même si je ne voyais pas trop qu'en dire.

– West, j'aimerais bien qu'on ait quelques cours ensemble.

Moi aussi. Je m'arrangerais pour que ce soit possible le semestre suivant. Ça ne me plaisait pas de ne la voir que pendant les repas ou au détour d'un couloir.

– Mais tu parles ! lança la voix de Brady derrière nous.

Elle écarquilla les yeux sans pour autant se tourner vers lui, tandis qu'une lueur de panique traversait son regard vert. J'eus aussitôt envie de la protéger. La ramenant contre moi, je fis face à son cousin.

– Pas à toi. Ni à personne d'autre. Alors, lâche-nous et ferme-la.

Soutenant son regard, je le laissai tirer ses propres conclusions. Je ne la l'abandonnerais pas et tout le monde devait savoir maintenant qu'elle était à moi. Y compris Brady.

– Quoi… mais elle ne parle pas. Si elle peut parler ou si elle parle encore, alors…

– Rien qu'à moi, Brady. Mets-toi ça dans le crâne. Rien. Qu'à. Moi

Il baissa les yeux vers elle et je sentis son irritation, mais c'était mon meilleur ami. J'avais enterré mon père hier. Il devait me laisser respirer. Pour le moment. Même si un de ces jours il allait falloir en discuter.

– Bon, finit-il par soupirer. Seulement les autres vont finir par s'en apercevoir. Comme moi.

Là-dessus, il se détourna et s'en alla. Maggie ne bougea pas d'un pouce.

Il avait raison. Si on ne faisait pas plus attention, les autres comprendraient. Et comment la protéger alors ? Ils n'auraient pas tous la réaction indulgente de Brady.

Surtout pas ses parents.

CHAPITRE 35

Au moins c'est clair !

Maggie

Toute la matinée, je sentis le regard de Brady posé sur moi. Bon moyen de me rappeler que je ne devais jamais parler en public. En même temps, je me demandais : qu'arriverait-il si j'adressais la parole à d'autres qu'à West ? Est-ce que tout ça s'arrêterait ? Aurait-il l'impression d'avoir perdu un peu de moi ?

– Alors, tu te le tapes, maintenant.

Je reconnus la voix de Raleigh avant de me retourner pour lui faire face. On était aux toilettes où je me lavais les mains avant le déjeuner.

Je levai la tête pour apercevoir son reflet dans la glace, qui me fusillait du regard.

– Ça s'arrêtera dès qu'il aura fini son deuil, continua-t-elle. Il se sert de toi pour traverser ce moment. Tu ne parles pas, ça le repose. Maintenant tu le baises. Il doit se mettre à aimer les filles sans conversation.

Je me séchai les mains avec une serviette en papier avant de me diriger vers la porte. Je n'allais pas rester là à écouter ses conneries.

– Quand ce sera fini, poursuivait-elle, quand il aura enterré son père dans sa tête, il me reviendra. C'est spécial entre nous. Il m'aime. Il a juste du mal à gérer.

Faisant comme si de rien n'était, j'ouvris la porte.

– Il me disait toujours qu'il m'aimait quand on faisait l'amour. Qu'avec moi, il se sentait extraordinairement bien. Qu'il ne connaissait rien de mieux dans la vie. Mais il ne te dit pas qu'il t'aime, non plus ?

Heureusement que je ne lui faisais pas face quand elle avait dit ça, car elle aurait lu la réponse sur mon visage.

Aussi merveilleuse qu'ait pu être ma nuit avec West, il ne m'avait pas dit une fois qu'il m'aimait. D'ailleurs, il n'avait pas dit grand-chose. À la fin, on était restés dans les bras l'un de l'autre. Sans doute encore écrasé de chagrin, il avait versé une larme.

Mais il y avait peut-être plus que ça.

Peut-être qu'il estimait avoir commis une faute.

– Tu es là.

Sa voix me faisait toujours battre le cœur. Surtout maintenant que je me demandais si, au fond, il n'aimait pas Raleigh. Alors, j'étais contente de le voir.

Comme il approchait, il fronça les sourcils.

– Qu'est-ce qu'il y a ? demanda-t-il en me posant une paume sur la joue.

J'aimais bien quand il faisait ça. Je me sentais en sécurité. Comme si sa grande main pouvait me protéger.

La porte des toilettes s'ouvrit derrière moi et je le sentis se crisper. Ainsi, il réagissait toujours en la voyant. Il l'avait aimée et je ne le savais pas. Je me sentis nettement moins en sécurité. Je secouai la tête en guise de réponse à West, tout en m'éloignant de Raleigh. Et de lui. Loin de mes émotions contrariées.

– C'est toi qui as fait ça ? Qu'est-ce que tu lui as dit ?

West semblait irrité. Je me retournai et le vis jeter un regard noir vers Raleigh, à peu près aussi noir que celui qu'elle m'avait jeté. En plus effrayant.

Haussant les épaules, elle repoussa ses cheveux dans le dos comme si de rien n'était.

– Je suis passée à autre chose, West. Je me fiche de qui tu te tapes, rétorqua-t-elle en s'éloignant d'une démarche arrogante.

Elle n'en pensait pas un mot pourtant, c'était une sacrée comédienne.

– Qu'est-ce qu'elle t'a dit ? demanda-t-il en se rapprochant.

– Pas grand-chose. En fait, elle… ne t'a pas oublié.

Il glissa une main sur ma hanche.

– Ne l'écoute pas. Elle s'imagine qu'elle m'atteindra en te vexant. C'est tout.

Je n'étais pas sûre que ce soit aussi simple, mais je n'allais pas le contredire. Je préférai changer de sujet.

– Je croyais que tu déjeunais à cette heure-ci.

Il me déposa un baiser léger sur les lèvres.

– Pas sans toi.

Oh. Que fallait-il en penser ? Où en étions-nous ? Cette nuit avait-elle vraiment changé quelque chose ?

– Viens, dit-il en me posant la main dans le dos. On y va.

Je le suivis. Parce que je ne voyais vraiment pas comment lui demander qui on était désormais l'un pour l'autre.

– Tu m'as manqué, ce matin, dit-il sans me lâcher.

– On s'est écrit par texto.

Des dizaines pendant les cours.

– Oui, mais je ne voyais pas ta tête.

Mon cœur se serra encore.

Arrivés devant la cafétéria, il ouvrit la porte et on entra ensemble. Tous les regards se tournèrent vers nous… du moins, ce fut mon impression. Ils avaient l'air de se demander où on en était tous les deux. Pourquoi notre amitié semblait maintenant plus… intime. Un regard vers sa table me permit de constater que Brady, Asa et Ryker ne nous quittaient pas des yeux. Gunner était le seul à ne pas sembler s'en amuser, trop occupé à écrire un texto.

Je ne regardai personne d'autre dans la file d'attente. Les bras de West se posèrent sur mes épaules et il me serra contre lui, m'embrassa sur la tempe. Surprise, je levai les yeux vers lui, mais, soudain, il se tourna vers quelqu'un d'autre, l'air renfrogné. Suivant son regard, je vis que Nash s'était immobilisé, son plateau entre les mains.

C'était moi qu'il dévisageait ; secouant la tête, il changea soudain de direction pour aller s'asseoir avec les autres garçons. J'étais sûre qu'ils avaient repéré les attitudes de West et de Nash. Brady allait-il faire comme si de rien n'était, maintenant que West et moi en étions… là où nous en étions ?

– Il est fou ? murmurai-je.

Je ne voulais pas que ses amis lui fassent la gueule. Il avait trop besoin de leur appui en ce moment.

– Laisse tomber. Ça lui passera.

Ce n'était pas la réponse que j'espérais.

Il prit mon plateau avec le sien et on alla rejoindre la table, à nos places entre Brady et Nash.

West s'assit à côté de Nash, ma place habituelle. Proclamant par là… je ne voyais pas vraiment quoi.

– Alors, vous êtes ensemble maintenant ? demanda Gunner en laissant tomber son téléphone. Je croyais que c'était une tarée et qu'on devait pas y toucher.

– Arrête ! lança Brady avant que West n'intervienne. Ça ne te regarde pas.

Gunner semblait plus amusé qu'autre chose. Il mordit dans sa pomme avec un sourire ironique.

– Non, c'est sûr, dit-il en jetant un regard vers Nash.

J'avais envie de disparaître sous la table.

– N’empêche que je me demandais, Maggie, reprit Gunner. Tu as un cavalier pour le bal de la rentrée ?

– Arrête, Gunner ! marmonna Ryker.

Je ne levai pas la tête de mon assiette de frites. Je fis celle qui n’avait pas entendu. Je n’avais pas songé au bal. J’avais vu les affiches, entendu les annonces, mais je n’y pensais plus. Je n’étais jamais allée à un bal. Je ne pensais pas commencer avec celui-ci.

– Elle est avec moi, Gunner, rétorqua West. Elle ira avec moi. Partout. Ça te va comme ça ?

Sa main s’était glissée sur mon genou qu’il serra.

– Au moins c’est clair ! s’esclaffa Asa. On laisse passer ça ou quoi ?

Je suivis son regard. Il s’adressait à Brady.

Mon cousin répondit d’un simple hochement de la tête. Personne ne dit plus rien.

Ils reprirent leur conversation sur le match de vendredi et je finis par me détendre pour finir mon déjeuner.

CHAPITRE 36

Juste dans la mienne

West

Le coach m'avait dispensé d'entraînement cette semaine. Cependant, si j'en avais envie, je pourrais toujours participer au match. L'équipe avait besoin de moi et mon père aurait voulu que je joue. Alors, j'allais jouer.

J'avais manqué les premières séances d'entraînement, je n'allais pas manquer celle-ci alors que ma grand-mère était à la maison. Maman ne serait donc pas seule ce soir. Ça me donnait une certaine liberté et me permettait d'échapper à cette bonne femme qui n'avait jamais mis les pieds chez nous de toute ma vie. Et quand on allait chez elle, elle n'adressait pour ainsi dire pas la parole à mon père.

Je n'éprouvais aucun sentiment pour elle.

Mais ma mère l'aimait.

Personne ne me posa de questions quand je me rendis au vestiaire pour enfiler ma tenue. Certains me saluèrent de la tête, d'autres me tapèrent dans le dos, mais ils ne dirent rien. Exactement ce que je voulais. Si je ne pouvais pas avoir Maggie avec moi tout le temps, c'était, après elle, le meilleur moyen de me libérer l'esprit.

Alors que je laçais mes chaussures, je vis Brady venir vers moi. S'il voulait des réponses, il ne les aurait pas. Il devrait se contenter de ce que je lui avais dit ce matin.

– Depuis quand elle te parle ? demanda-t-il à voix basse.

J'attrapai mon casque et me dirigeai vers la porte.

– Un certain temps, répondis-je.

– C'est-à-dire ? Depuis l'hôpital… ou avant ?

– Avant.

Il vint se planter devant moi.

– C'est pour ça que vous vous êtes attachés si vite l'un à l'autre. Elle t'a aidé à traverser cette épreuve. Elle était là.

Je ne répondis pas, car je ne connaissais pas la réponse. C'était peut-être effectivement pour ça qu'elle m'était devenue indispensable. Le chagrin changeait tout. De là à dire que je n'aurais pas voulu de Maggie si elle ne m'avait jamais adressé la parole…

Aurais-je voulu d'elle ?

– Tu comprends sans doute mieux que personne ce qu'elle a enduré. Si elle t'a raconté des choses, elle t'en a dit beaucoup plus qu'à n'importe qui d'autre.

Il avait raison. Mais je n'allais pas le lui confirmer.

– Il fallait qu'elle en parle à quelqu'un, continua Brady.

Il n'allait pas laisser tomber. C'était à moi d'y mettre un terme. Tant qu'elle ne serait pas prête à parler, je ne laisserais personne l'y inciter.

– Elle n'est pas prête, dis-je. C'est elle qui voit. Il faut la laisser gérer les choses à sa façon. Je ne veux pas qu'on l'oblige à quoi que ce soit. Même pas toi.

Là-dessus, je me dirigeai vers le terrain et le plantai là.

Il était près de minuit quand Maggie ouvrit sa fenêtre pour me laisser entrer. Après l'entraînement, je m'étais rendu au belvédère où j'avais passé plusieurs heures, jusqu'à ce que maman m'appelle pour le dîner. J'y étais allé pour elle. Et là, ma grand-mère m'avait demandé dans quelle université je voudrais m'inscrire, alors j'étais parti sans lui répondre. Elle ne s'était jamais occupée de nous jusque-là, elle n'avait pas le droit de se mêler de ma vie maintenant.

J'avais appelé maman pour lui dire d'aller se coucher, que je rentrerais bientôt, que j'étais chez Brady. Ce qui était vrai. Sauf que je ne m'y étais pas rendu pour lui. Elle devait s'en douter, mais elle ne me posa pas la question.

Maggie m'attendait, en tenue de jogging, les cheveux enroulés en une espèce de chignon au sommet du crâne. Plus belle que jamais. Elle m’avait manqué, cet après-midi. Elle me manquait toujours quand elle n’était pas avec moi.

Ça me faisait peur de trop penser à ça. Je ne voulais pas avoir tant besoin d’elle. Je pourrais la perdre.

Non.

Je n’allais pas perdre Maggie. Je ne laisserais pas ce genre de chose se produire. Je ferais ce qu’il faudrait pour qu’elle ait envie de rester avec moi. Tout ce qu’elle voudrait.

– Salut, dit-elle doucement.

Je souris, la pris dans mes bras.

– Salut, dis-je sur ses lèvres magnifiques. Tu m’as manqué.

Elle eut un rire étouffé par mon baiser. Ce son me plaisait. Elle ne riait pas souvent, et cela ne m’en paraissait que plus magique.

– Qu’est-ce qu’il y a de si drôle ? demandai-je, incapable de réprimer un sourire de plaisir.

– On s’est vus il y a quelques heures.

– Non, il y a neuf heures. Ça fait affreusement longtemps.

Serrant les lèvres, elle me jeta un regard où dansaient des étincelles. Elle ne portait aucun maquillage, le visage récemment nettoyé. J’appréciais l’idée que, tout en sachant que j’allais venir, elle n’ait pas cherché à faire sa princesse. Qu’elle reste elle-même sans arrière-pensée.

– Tu devrais dormir, dit-elle en me repoussant doucement. Tu as match demain soir.

– Je vais dormir. Ici, avec toi. Je vais régler mon alarme sur cinq heures du matin et là, je rentrerai chez moi. Mais ce soir, je veux te tenir dans mes bras.

Ses yeux brillaient de plaisir. Ça me fit penser à des choses auxquelles je ne devrais pas penser en ce moment. Pas dans sa maison. Alors que Boone était si proche de nous.

D'un coup d'œil sur son lit, je pus constater qu'elle s'y était déjà couchée avant mon arrivée. Je m'étais annoncé il y avait juste une heure. Peut-être qu'elle dormait déjà… En voyant ses couvertures défaites, en l'imaginant blottie contre moi toute la nuit, je me sentis ragaillardi, fort comme un homme des cavernes. Elle me faisait trop de bien.

Elle glissa une main dans la mienne, et cette paix qui m'habitait depuis quatre semaines revint en moi. Demain, il y aurait exactement un mois que je l'avais embrassée sur le parking. Elle était entrée dans ma vie alors que je pensais tout perdre, que je ne me croyais pas capable de tenir le coup. Et elle m'avait prouvé que j'y arriverais, me rappelant que je n'étais pas le seul être sur terre à perdre un parent.

Elle redressa les couvertures puis s'installa sur un côté du lit, tira sur les draps. Ce qui ne fit que me donner des envies, susciter des pensées que je ne devrais même pas lui exposer. Par exemple, je ne voulais pas qu'un autre homme la voie jamais habillée comme ça sur ce lit. Rien que moi.

Ni qu'elle glisse sa main dans celle d'un autre mec. Jamais. Juste dans la mienne.

– Il faut venir si tu veux dormir, murmura-t-elle avec un sourire.

Elle était devenue le moteur de ma vie. Je voulais lui appartenir. Je voulais aussi qu'elle le ressente.

Je grimpai dans le lit, m'allongeai avec un bras sous la nuque et l'autre tendu vers Maggie, l'invitant à venir poser sa tête sur ma poitrine. Inutile que je le lui dise. Elle savait exactement ce que je voulais. Après quoi, je lui caressai les cheveux, défis doucement son chignon. Elle ne protesta pas.

On resta ainsi quelques minutes ; les yeux au plafond, je regardais tourner le ventilateur en écoutant mes émotions murmurer dans mon cerveau. Elle était entrée dans ma vie quand j'avais tant besoin d'elle. Je ne me serais jamais attendu à ça. Ni à elle. Mais, maintenant que je l'avais, je me demandais comment j'avais pu m'en passer si longtemps.

CHAPITRE 37

Ma belle

Maggie

Quand tante Coralee frappa à ma porte pour me réveiller, je connus un instant de panique, le temps de vérifier que West n'était plus dans ma chambre. Autrement dit, je ne m'étais pas réveillée à son départ.

Un message m'attendait sur l'oreiller où il avait dormi. Je me frottai les yeux, puis dépliai le papier.

Bonjour ma belle. Tu dormais trop bien quand je suis parti. Je n'ai pas voulu te réveiller. Mais aujourd'hui j'aimerais être celui qui t'emmènera au lycée. Je serai là à sept heures et demie. Si Brady t'embête, appelle-moi et passe-lui le téléphone.

Il voulait que j'aille avec lui au lycée. Je vis mon sourire dans la glace. Un vrai sourire, plein de joie et d'espoir. Comme je n'en avais plus connu depuis longtemps. À présent, j'étais heureuse.

Je m'approchai de ce reflet, contemplai cette fille plus âgée que celle que j'avais connue, le regard plus déterminé, plus mature. Mais elle était heureuse. Ça se voyait.

– Tu l'aimerais bien, Maman, murmurai-je. Il est fantastique.

Elle aurait voulu que je lui raconte tout, aurait poussé un petit cri avec moi à l'évocation de notre premier baiser. Elle m'aurait écoutée sans se lasser. Elle n'avait pas seulement été ma mère mais aussi ma meilleure amie. À l'idée que West lui plairait, je me sentis plus accomplie que jamais. Le vide qui m'avait habitée n'était plus aussi vide. West le remplissait.

La voix de tante Coralee annonçant le petit déjeuner me rappela que je devais me dépêcher. J'allais lui annoncer que je partais avec West aujourd'hui. C'était son jour de match et je voulais qu'il voie à quel point moi aussi je soutenais l'équipe du lycée.

Pour ça, il fallait que Brady me prête un maillot de son équipe.

Un quart d'heure plus tard, j'étais habillée et je me dirigeais vers la cuisine. J'avais envoyé un texto à Brady pour lui demander si je pouvais lui emprunter un maillot. Il avait accepté en disant qu'il l'apporterait à la cuisine. J'avais aussi écrit un message où je ne demandais pas mais annonçais carrément à tante Coralee que je partais avec West aujourd'hui.

Dans la cuisine, Brady était déjà en train de manger ses œufs au bacon. Il portait le maillot bleu qu'il arborerait le soir mais en avait déposé un autre, plié sur la table, affichant le même numéro que l'autre, mais plus usagé.

– Voilà, dit-il, tu n'as qu'à prendre celui de l'année dernière.

Son sourire moqueur semblait proclamer que je serais ridicule là-dedans, que j'avais tort de croire que c'était arrivé.

– Bonjour, Maggie, dit tante Coralee. J'ai mis ton assiette au chaud. Je vais te la chercher. Euh… tu comptes porter ce débardeur blanc au lycée ?

– Pas du tout, intervint Brady. Elle va mettre mon vieux maillot.

– Mais c'est trop mignon ! s'exclama-t-elle, ravie.

Son fils paraissait sur le point d'éclater de rire.

– N'est-ce pas ? dit-il avant d'avaler une autre bouchée.

Je préférai ne pas relever et allai me changer avant de tendre mon message à tante Coralee qui le lut en souriant.

– Bien sûr, ma chérie. C'est très bien. Je m'en doutais.

Soulagée, je pris l'assiette qu'elle me tendait et allai m'asseoir.

– Tu te doutais de quoi ? demanda Brady.

– Qu'elle allait bientôt partir aux cours avec West.

– Ah bon, et ça commence aujourd'hui ?

– Oui, dit tante Coralee.

Je préférai ne pas trop songer à l'attitude étrange de mon cousin. J'étais trop contente d'accompagner West et ravie à l'idée qu'il me voie en maillot de foot.

Ravie aussi de le voir.

Il me donnait une nouvelle raison d'aimer la vie. Je venais de passer deux années en marge et je me rendais maintenant compte combien cela m'avait manqué. Je me protégeais en refusant de parler, mais c'était aussi un moyen de m'isoler du reste du monde.

Lorsque tante Coralee monta, Brady me jeta un coup d'œil.

– Bon, je t'ai prévenue contre l'attitude de West, et c'est toujours valable. Mais je reconnais qu'il se conduit autrement avec toi. Je ne l'ai jamais vu traiter quelqu'un d'autre comme toi. Alors, peut-être qu'il s'implique davantage que d'habitude. Mais j'ai peur que tu ne représentes qu'une béquille pour l'aider à supporter la mort de son père. À la longue, quand une autre fille lui tombera sous la main, il risque de saisir l'occasion. Et il t'oubliera.

Finalement, il se leva.

– Protège ton cœur. West ne veut pas te faire de mal, mais ça pourrait bien arriver.

On frappa à la porte et je me précipitai. Je savais que c'était West, alors je déposai mon assiette dans l'évier et allai ouvrir.

Il me sourit, jusqu'au moment où il aperçut ma tenue.

– Tu portes le maillot de Brady.

Je hochai la tête en souriant. Je voulais qu'il soit content de me voir ouvertement soutenir l'équipe.

Brady laissa échapper un petit hennissement et je le vis se couvrir la bouche avant de filer dans l'escalier. Pourquoi riait-il ? Avais-je fait quelque chose de mal ?

West me prit par la taille, saisit mon sac à dos.

– On y va, dit-il d'un ton agacé.

– J'ai fait quelque chose de mal ? demandai-je dans la rue.

Il ouvrit sa portière sans répondre, jeta mon sac à l'intérieur. Puis il me souleva pour me déposer sur mon siège, comme si j'étais une gamine qui ne pouvait pas entrer toute seule.

Une fois assise, je me trouvai exactement à hauteur de ses yeux. Il se pencha, m'embrassa, non de ce doux baiser auquel je m'étais habituée, mais plaisant quand même. J'avais plutôt l'impression qu'il essayait de me marquer, ou alors qu'il avait envie de me boire tant il me penchait vers lui.

– Tu ne peux pas porter le maillot de Brady, dit-il simplement.

Après quoi, il claqua la portière puis vint s'asseoir au volant.

Si je ne pouvais pas porter le maillot de Brady, pourquoi m'emmenait-il au lycée ainsi vêtue ?

– Alors, il va falloir que je me change.

– Oui, mais boucle ta ceinture d'abord.

J'obtempérai et il démarra, remonta la rue. J'attendais qu'il s'explique, mais il ne dit rien. Pas un mot.

Le trajet ne durant que cinq minutes, je voulais qu'il parle et j'allais ouvrir la bouche quand on passa devant le lycée pour continuer en direction du vestiaire sportif.

Il comptait donc me déposer là ? Parce que tante Coralee avait raison ; je ne pouvais pas porter ce débardeur blanc aux cours. On me renverrait illico à la maison.

– On joue à quoi ? lui demandai-je alors qu'il descendait.

Il vint vers ma portière sans me répondre. L'ouvrit, me prit dans ses bras et m'embrassa avant de me déposer.

– On va réparer ton maillot.

Me prenant par la main, il me conduisit dans le vestiaire.

À cette heure-là, l'endroit était désert, heureusement. Je n'avais aucune envie de voir des garçons tout nus. Ce serait trop gênant. On longea une rangée de casiers pour nous diriger vers les plus grands, au bout du couloir. J'aperçus son nom écrit sur l'un d'eux, qu'il ouvrit.

– Ôte-moi ça, dit-il en sortant un autre maillot bien plié.

Il me donnait le sien. Un rien éperdue, j'enlevai celui de Brady. West se tourna vers moi et s'arrêta, puis vint m'embrasser au creux de l'épaule, respirant bruyamment.

Je frissonnai mais ne bougeai pas. Car je craignais, en bougeant, de rompre le charme. Je ne voulais pas qu'il s'arrête. J'étais trop contente de l'avoir ainsi près de moi.

Sa main glissa sur ma taille et il me garda contre lui en me donnant des petits coups de langue dans le cou, suivis de baisers. Les jambes flageolantes, je lâchai le maillot de Brady pour m'agripper à ses bras.

– Tu es délicieuse, tu sens trop bon, murmura-t-il en venant promener ses lèvres sur ma poitrine.

Il tira un peu sur le décolleté pour descendre plus bas vers ma poitrine.

– Il faudrait que je m'arrête, mais c'est à toi de me le dire.

Je n'avais pas envie qu'il s'arrête. Du coup, les cours passaient complètement au second plan.

– Si je descends davantage, j'en voudrai encore plus. Plus que tu ne devrais me donner dans un minable vestiaire. Je te jure que, la prochaine fois que je te caresserai ainsi, ce sera dans un endroit plus beau que ça.

Il m'avait ôté toute faculté de parler. Je restais là, alors qu'il glissait plus bas sous l'étoffe, tout en abaissant sa bouche. Et puis, dans un grognement, il ferma les yeux avant de me lâcher et de reculer. Tout d'un coup, j'eus froid. Je voulais qu'il revienne.

– Lève les bras, dit-il en reprenant le maillot qu'il avait sorti de son casier.

Il me le passa sur la tête puis sur les épaules.

– Tu portes juste mon maillot, Maggie. Aucun autre. Jamais. Je ne veux pas qu'un autre te touche. Garde-le, porte-le quand tu veux, mais ne mets plus jamais celui de Brady.

Oh.

D'accord.

Hou là !

Je résistai à la tentation de plier les bras autour de ma poitrine tant j'étais contente. Ce maillot sentait l'odeur de West. Jamais je ne voudrais le laver.

– Ma belle, sourit-il. Juste mon maillot.

CHAPITRE 38

On a tous des décisions à prendre

West

Ce soir, Maggie était assise à côté de maman pour le match. Chaque fois que j'en avais la chance, je les regardais. Surtout Maggie mais, parfois, je la surprenais en train de parler à maman et ça me donnait le tournis.

Après chaque touché, je me redressais pour la voir se lever en criant de joie, mon maillot lui couvrant tout le corps. J'aimais trop ça. Tout le monde voyait ainsi qu'elle était à moi.

En la découvrant, ce matin, dans celui de son cousin, j'avais eu envie de le lui ôter pour le jeter au feu. Brady savait très bien comment je réagirais. Cet enfoiré l'avait fait exprès. Ça l'amusait.

En l'apercevant dans le mien au lycée, il avait éclaté de rire. On était les seuls à savoir pourquoi.

Maggie avait souri avant de baisser la tête, rougissante. Elle avait voulu me faire plaisir. Sauf qu'elle ne savait pas qu'une fille portant le maillot d'un mec déclarait lui appartenir.

Qu'il soit son cousin ou non, elle n'avait pas à porter celui de Brady. Ni celui de personne d'autre. Rien que le mien.

On gagna d'un touché. Gunner attrapa une belle passe et la lança, nous permettant de remporter le match dans les trois dernières minutes. Les deux équipes avaient bien joué. J'avais craint un instant qu'il ne faille aller jusqu'aux prolongations, mais Gunner nous avait épargné ça.

En sortant du vestiaire, je trouvai Maggie qui m'attendait dehors, et son sourire me libéra de la tristesse qui m'avait submergé à l'idée que mon père ne serait pas là.

– Tu as été extraordinaire… enfin je crois. Je n'y connais pas grand-chose. En tout cas, cette tenue te va très bien.

Je l'embrassai sur le front, puis sur le bout du nez, et enfin sur la bouche.

– Ça m'a aidé de te voir dans mon maillot, belle comme un ange. Il va falloir que tu sois là chaque fois, maintenant.

– Ça se pourrait.

Ce soir, je l'emmenais à la soirée. Elle y était déjà allée souvent, elle allait enfin y participer. Avec moi. Au lieu de se cacher dans un coin en attendant Brady.

Quand je pensais qu'il la lâchait comme ça dans un coin, ça me mettait en rogne. Je n'aimais pas imaginer à quel point elle avait pu se sentir seule, alors que personne ne s'occupait d'elle.

– Bien joué, mon chou.

J'émergeai de mon petit monde avec Maggie pour découvrir Raleigh devant nous.

– Merci, mais je ne suis pas ton chou, répondis-je en espérant qu'elle s'en aille.

Elle éclata de rire, se mordit la lèvre, pour la jouer sexy.

– Peut-être pas en ce moment, mais tu vas vite t'ennuyer avec ta muette et vouloir passer à autre chose. Je t'attendrai. J'ai toujours été là quand tu as eu besoin de moi. Je veux qu'on réessaye, West.

Elle avait ajouté ça d'un ton presque suppliant. Sauf que je détestais quand on se permettait de critiquer Maggie. J'avais prévu de rester gentil mais ferme avec Raleigh. Seulement là, elle allait trop loin.

– Je choisis avec qui je parle. Alors, arrête de me chercher. Ça ne marchera pas.

J'en restai le premier stupéfait. Maggie qui parlait ouvertement, d'un ton neutre à Raleigh.

– Alors comme ça, tu parles ! s'étonna-t-elle. Brady le sait, au moins ?

Je m'interposai carrément entre les deux filles, mais Maggie me prit le bras et vint se placer à côté de moi.

– Oui, il le sait. Maintenant, tu peux dégager ?

N'était-elle pas parfaite de la tête aux pieds ? Elle arrivait même à remettre mon ex à sa place.

– Tu ne peux pas arrêter de la regarder trois minutes ? marmonna Raleigh d'un ton dégoûté.

Elle avait raison. Je ne pouvais pas. Je sus qu'elle était partie en voyant les épaules de Maggie retomber, ses yeux fixer de nouveau les miens.

– J'ai décidé de revenir dans le monde, m'annonça-t-elle. De m'impliquer. De parler. Mais je ne dirai pas un mot tant que je n'aurai pas averti mon oncle et ma tante. Sauf à toi, bien sûr.

Sauf à moi. Je l'embrassai vivement en essayant de toutes mes forces de ne pas lui montrer à quel point j'avais peur de la perdre. Je voulais qu'elle parle, qu'elle vive sa vie, mais je ne savais pas si, à ce moment-là, je ferais encore le poids. Pour le moment, je représentais tout son horizon car elle ne parlait qu'à moi. Et à ma mère.

Quand elle commencerait à discuter avec d'autres gens, à échanger avec eux… choisirait-elle toujours de rester avec moi ?

Main dans la main, on se dirigeait vers les mecs de l'équipe en train de faire la fête. Brady avait de nouveau garé son pick-up parmi les autres, maintenant qu'il ne devait plus penser à Maggie réfugiée toute seule dans l'obscurité. Nash fut le premier à nous apercevoir et me décocha un petit sourire. Il ne s'était toujours pas fait à l'idée que je sorte avec Maggie. Non qu'il ne l'aime pas… Au contraire.

Il l'avait vue dans mon maillot toute la journée, et je pus donc retenir mon démon de la jalousie.

Car Nash avait toujours considéré cette fille comme un peu spéciale. Et moi aussi. Sauf que lui n'avait pas dû affronter une situation qui le poussait à se conduire comme le dernier des abrutis…

Par chance, Maggie avait repéré quelque chose en moi qui lui avait permis de passer au-dessus de ça.

– Prête ? lui demandai-je.

Elle releva la tête vers moi, sourit.

Juste ce qu'il me fallait.

– Bienvenue dans la famille, Maggie, dit Ryker en levant son verre. Il était temps.

Je regardai Brady du coin de l'œil. Il devrait s'en vouloir à mort de l'avoir abandonnée dans son coin tout ce temps. Cependant, je me calmai en constatant qu'il n'avait pas l'air trop fier de lui.

Ivy était encore blottie contre lui ce soir. Je ne savais jamais quand ils étaient ensemble et quand ils ne l'étaient plus, mais Brady paraissait plutôt détaché d'elle. Comme s'il n'acceptait sa présence que parce qu'elle insistait.

– Trois matchs. Trois victoires. Ça sent bon les championnats, dit Asa en venant s'asseoir sur le plateau.

En ce qui me concernait, je n'avais envie de m'asseoir qu'auprès de Maggie. Je lui montrai une botte de foin inoccupée et m'y enfonçai avant de l'attirer sur mes genoux.

– Tu as soif ? lui soufflai-je à l'oreille. J'ai oublié de te prendre quelque chose.

Elle fit non de la tête et s'appuya contre moi. Je l'étreignis sans plus faire attention aux autres, jusqu'à ce que j'entende Nash prononcer mon nom. Difficile de me détacher d'elle pour répondre aux copains.

– Quoi ? demandai-je.

– Tu as reçu une demande du Tennessee. Ça marche toujours ou tu restes avec l'Alabama ?

Le football. L'année prochaine. Choses auxquelles je n'avais pas encore réfléchi. Pas envie. Alors que papa était parti. Alors que Maggie était là.

Je haussai les épaules, parce que je ne savais pas quoi répondre. Oui, le Tennessee me faisait une offre. Rien à fiche.

– On a tous des décisions à prendre, intervint Brady en changeant de sujet. On va attendre la fin de la saison pour ça. Ce soir, on parle des frappes éclairs de Gunner.

Celui-ci leva son verre.

– À moi. J'en ai mis des coups de pied au cul !

Tout le monde éclata de rire et trinqua.

Les épaules secouées d'un rire silencieux, Maggie reposa sa tête sur mon épaule sans cesser de les regarder.

Et je ne cessais de la regarder.

CHAPITRE 39

Tu vas me posséder

Maggie

Je ne pouvais rêver mieux qu'écouter West rire avec ses amis tandis qu'il me tenait dans ses bras. C'était exactement ainsi que j'aurais rêvé de vivre ma première soirée. Impossible d'imaginer autre chose désormais.

On ne resta pas aussi longtemps que les autres. Au bout d'une heure, il voulut partir. J'étais prête à le suivre où il voudrait. En roulant vers le belvédère, on discuta de ce qu'on appelait de la bonne musique. Il aimait la country tandis que je préférais le rock.

Une fois garé à notre place habituelle, il éteignit la radio avant de me prendre le visage entre ses mains pour m'embrasser. J'adorais la ferveur de ses mouvements dans ces moments-là, c'était mon baiser préféré. Je me sentais bien, comme si plus rien ne pouvait me toucher.

Je me laissai complètement aller pour ne rouvrir les yeux que quand il se détacha de moi.

– Tu veux que je reste avec toi quand tu annonceras à ton oncle et à ta tante que tu veux te remettre à parler ?

C'était une question, mais je perçus l'espoir dans sa voix. Il voulait être là, avec moi, c'était important pour lui. Et je ne l'en aimai que davantage.

– Oui, répondis-je.

– Bon ! soupira-t-il. Sinon je me serais inquiété. Je tiens à t'accompagner, Maggie. Je ne…

Il s'interrompit, contempla un instant les lumières de la ville à nos pieds.

– Je ne veux pas que tu te sentes toujours obligée de rester ma force, mon appui. Je veux que tu puisses aussi compter sur moi. Je veux représenter pour toi ce que tu représentes pour moi.

Ce n'était pas un « je t'aime », mais pas loin. Cette dernière phrase en disait plus qu'il ne pouvait l'imaginer. Je percevais son inquiétude, sa crainte de ne plus occuper la même place avec moi une fois que je me remettrais à fréquenter les autres. Il ne voulait pas que notre relation s'arrête là.

Cette fois, ce fut moi qui pris son visage entre mes mains.

– Avant toi, je ne souriais jamais. Je ne riais jamais. Je ne savais plus. J'étais seule, je ne voyais aucune issue. Mais tu m'as sauvée. Tu m'as donné l'impression d'être appréciée, importante. Tu m'as révélée, tu m'as donné des raisons de rire de nouveau. Rien qu'en t'apercevant, j'ai déjà envie de sourire. Personne n'occupera jamais dans ma vie la même place que toi.

Il sourit comme un petit enfant qui viendrait de voir réaliser son vœu le plus cher, me serra plus fort que jamais, au point que je ne pouvais plus respirer. Je ne me plaignis pas mais, quand il desserra son étreinte, je respirai un grand coup.

– Comment ça va… par là ? demanda-t-il en glissant la main entre mes cuisses.

– Ça ne fait plus mal, répondis-je en m'empourprant.

La lueur dans son regard me mit dans tous mes états.

– Je ne veux pas que tu croies que… que c'est… J'ai déjà eu beaucoup d'aventures, toutes aussi creuses les unes que les autres. Nous, ce n'est pas ça. Ce qui se passe entre nous est beaucoup plus fort. Je veux que tu le saches. Tu représentes autre chose pour moi. Alors, si tu veux qu'on prenne notre temps… je comprendrai. Je serai d'accord du moment que je peux te garder avec moi.

Il m'enveloppait tellement le cœur que je me demandais si ça n'allait pas devenir trop. Trop vite. Mais pas question que je l'arrête.

– Je veux qu'on aille plus loin, lui dis-je. Mais j'aime bien ce qu'on a déjà.

Il laissa échapper un petit rire.

– Tu vas me posséder.

Je lui pris la main, la glissai sur mes hanches.

– Je veux recommencer ça avec toi.

Sans autre forme de procès, ses doigts puissants me débarrassèrent de ma culotte et me pénétrèrent. Je me cambrai en poussant un cri de plaisir. Accroché à moi, il m'embrassait dans le cou, me disant à quel point j'étais belle, parfaite, extraordinaire. Il ne disait jamais je t'aime, mais moi non plus.

Quelques heures plus tard, j'étais au lit quand West entra par la fenêtre. J'ouvris les yeux, le regardai ôter ses boots et son jean, avant de venir me rejoindre. On se serra l'un contre l'autre et il m'embrassa la tête.

– Un jour, je te ferai l'amour dans un lit, promit-il.

Je me rendormis assez vite, en rêvant qu'on faisait des choses beaucoup plus palpitantes que juste dormir dans un lit.

En me réveillant, le lendemain matin, je vis que West était parti et que le soleil brillait à travers la fenêtre. J'enfonçai ma tête sous son oreiller, en humant son odeur.

Je finis par me lever et m'habiller pour aller prendre mon petit déjeuner. Et puis, je devais avertir tante Coralee que je voudrais leur parler, à elle, oncle Boone et Brady, à un moment ou un autre. Qu'elle choisisse l'heure. Après quoi, je préviendrais West.

La journée s'annonçait importante pour moi. J'allais cesser de me cacher. Commencer à entretenir de vraies relations avec ma famille. Ça me plaisait bien. En même temps, j'avais peur de ce qu'ils pourraient me demander. J'étais terrifiée à l'idée qu'ils puissent m'interroger sur ce jour-là. Je n'avais plus envie d'en parler. Plus jamais.

Avec West à mes côtés, je me sentirais plus forte ; et puis, ça expliquerait également la nature de ma relation avec lui, qu'ils ne comprenaient pas forcément. Ils devaient juste savoir que je ne leur dirais rien, à eux ni à personne, des événements. Encore moins de mon père. En revanche, s'ils voulaient que j'évoque ma mère, les bons souvenirs que j'en gardais, j'étais d'accord.

Et prête.

Assis à la table de la cuisine, les cheveux en bataille, juste vêtu d'un pantalon de pyjama, Brady mangeait un bol de céréales en buvant du café ; complètement plongé dans la page sports du journal.

Devant le bar, tante Coralee faisait sa liste d'achats, comme tous les samedis. Elle leva la tête à mon entrée, me sourit.

– Bonjour. Désolée, je n'ai pas préparé de petit déjeuner. On n'a plus aucune provision. J'irai faire les courses cet après-midi ; en attendant, tu vas devoir te contenter de céréales et de toasts. Il doit y avoir aussi des fruits.

Ça m'allait très bien. Je n'avais rien connu d'autre durant mes deux années chez Jorie. Pas une fois elle ne m'avait fait la cuisine. D'ailleurs, elle était rarement à la maison. Je m'y trouvais seule la plupart du temps.

J'allai déposer devant tante Coralee le mot rédigé dans ma chambre. Je préférais ne pas débouler en leur annonçant que je parlais de nouveau ; ce n'était pas le moment de leur dire quels thèmes je voulais aborder et lesquels j'effaçais.

Je ne voulais consulter aucun conseiller, thérapeute ou psychologue… quel que soit le nom qu'on leur donne. J'en avais déjà vu des dizaines. Sans aucun résultat. Autant qu'ils sachent que je n'y retournerais pas.

– Bien sûr, ma chérie, dit tante Coralee, l'air inquiet après avoir lu le papier. On peut en parler maintenant si tu veux.

– Parler de quoi ? demanda Brady.

– Maggie veut nous dire à tous quelque chose, expliqua-t-elle. Tiens, prends mon crayon.

Je fis non de la tête, puis indiquai de l'index la phrase où je demandais à leur parler à tous les trois.

Elle se rembrunit.

– Oui, d'accord. Bon, je vais prévenir ton oncle Boone. Il est en train de tondre la pelouse.

Elle me tapota le bras puis courut vers la porte. Ça ne me laissait pas beaucoup de temps pour prévenir West. Je ne lui envoyai pas de SMS pour le cas où il serait en train de dormir. Je préférai appeler.

Il répondit dès la première sonnerie.

CHAPITRE 40

Elle lui ressemble beaucoup

West

Maggie m'attendait sur la balancelle du perron quand je me garai. Elle m'avait appelé au moment où je sortais de la douche. Sans trop savoir comment, je me retrouvai chez elle en dix minutes, les cheveux encore humides.

Elle se leva pour m'attendre en haut des marches.

– Salut ! lui dis-je en l'embrassant sur les lèvres. Tu te sens prête ?

Lisant une certaine anxiété dans ses yeux quand elle hocha la tête, je lui pris la main. Cette fois, ce serait moi qui la rassurerais. Elle y arriverait. Je ne la lâcherais pas.

– Ils attendent. Brady m'a entendue t'appeler, alors il leur a expliqué que je t'attendais, que je voulais que tu sois là. Brady sait, mais tante Coralee et oncle Boone ont l'air inquiets.

– Eh bien allons-y. Je resterai le temps qu'il faudra.

Elle me décocha un sourire soulagé qui me donna de petits battements de cœur. Je n'avais jamais éprouvé ces sensations, et j'en voulais encore. Je ne pourrais plus vivre sans.

Je la suivis à l'intérieur où, bien sûr, les trois Higgens nous attendaient autour de la table du salon. Brady semblait détendu, un rien excédé, tandis que ses parents se tenaient au bord de leurs chaises. Coralee avait posé un carnet et un crayon devant elle.

Face à eux, Maggie lança d'emblée :

– Je veux recommencer à parler.

Sa voix douce n'en fit pas moins sursauter son oncle et sa tante.

Je n'avais jamais vu Boone autant écarquiller les yeux.

– Je veux faire partie de cette famille. Je suis prête. Mais il faut que vous compreniez quelque chose.

Sa main toujours dans la mienne, elle leva les yeux vers moi et je hochai la tête pour la rassurer.

– Je ne veux pas parler de… ce jour-là, reprit-elle. Je ne veux pas parler de lui. Je ne veux pas parler à un thérapeute. Je veux bien parler de maman. Évoquer les bons souvenirs. J'aime bien penser à elle, j'en ai beaucoup discuté avec West. Il m'écoute, et j'aimerais aussi évoquer ces souvenirs avec d'autres personnes qui l'ont connue et aimée. Mais le reste… je ne peux pas. J'ai arrêté de parler pour me protéger. De moi-même autant que des autres. C'est comme ça que je m'en suis sortie.

Elle se tut, attendit.

Coralee se leva, les yeux pleins de larmes.

– Nous ne te forcerons pas à parler de ce que tu ne veux pas, Maggie. Je te le promets. Je suis juste… ça fait plaisir d'entendre à nouveau ta voix.

Là-dessus, elle se couvrit la bouche pour étouffer un sanglot. Maggie se détendit. C'était exactement ce qu'elle avait besoin d'entendre.

Boone nous regardait tous les deux.

– Je suppose que c'est lui qui t'a incitée à parler. Il avait besoin de toi, tu savais que tu pouvais l'aider ? Alors, tu lui as parlé. On dirait que c'est un peu grâce à ta maman.

Puis il se tourna vers moi :

– Elle lui ressemble beaucoup, gentille et douce comme elle. Mais forte, aussi. Elle en a traversé, des horreurs… alors, si ce que vous vivez tous les deux va au-delà d'une simple amitié, tu n'as plus qu'à la chérir. Tu lui fais du mal, je te fais du mal. Ami de mon fils ou pas.

Il la protégeait. Comme un père digne de ce nom. J'avais toujours apprécié Boone Higgens, mais là, il venait de grimper d'un cran dans mon estime. C'était bien le père dont avait besoin Maggie. Celui que lui avait donné la nature avait détruit sa vie. Au moins, Boone allait la protéger.

– Oui, Monsieur, dis-je. Je sais que c'est une fille fantastique. Jamais je ne lui ferai de mal. Juré.

L'air pas trop convaincu, il se tourna pourtant vers elle.

– J'aimais ta maman et sa disparition nous a tous bouleversés, mais toi, c'est ta vie qui en a été dévastée. Nous voulons t'aider à t'en remettre. Si tu veux bien.

Une larme coula sur la joue de Maggie et je dus prendre sur moi pour ne pas la serrer dans mes bras. Il fallait d'abord qu'elle clarifie sa place avec eux. Je ne pouvais intervenir maintenant.

– Merci. Je… j'aime bien vivre ici. J'aime cette maison et vous tous aussi. Je me sens bien ici, enfin à l'abri. Merci de m'avoir donné un foyer.

Brady se leva.

– Merci de m'avoir permis de m'installer dans la soupente, dit-il avec un clin d'œil.

Elle se mit à rire et j'en éprouvai un pincement de jalousie. J'aimais la voir rire, mais plutôt grâce à moi. Je devenais un peu trop possessif.

Elle avait une vraie famille maintenant. Qui allait entrer dans son monde.

Maggie ne garderait plus le silence.

***

Je laissai Maggie partir faire le marché avec sa tante Coralee après le déjeuner. Il fallait que je rentre à la maison, car maman voulait que je dise au revoir à ma grand-mère. J'avais réussi à l'éviter jusque-là. En entrant, je m'arrêtai devant les valises qui s'alignaient au pied de la porte d'entrée. L'une d'entre elles appartenait à maman. Je trouvai ma grand-mère assise très droite sur le canapé, les mains jointes sur ses genoux, comme si elle posait pour une photo. Glauque.

– Tu es là ? appelai-je au lieu de parler à cette femme.

Maman apparut au coin du salon, un grand sac au bras. Elle paraissait nerveuse, incertaine. Mon cœur se serra. Nous n'en avions pas parlé, mais j'étais sûr qu'elle quittait Lawton.

– Qu'est-ce qui se passe ? demandai-je sans oser entrer.

Elle me décocha un regard triste puis déposa le sac sur sa valise.

– J'aurais voulu t'en parler avant ton départ ce matin, mais tu étais déjà parti. C'est bon. Tu as ta vie. Surtout n'y change rien. Tandis que moi… Moi, j'ai besoin d'une pause. Je ne me sens pas bien dans cette maison. Je crois toujours que ton père va passer cette porte. Il me manque, et c'est encore pire ici. Je voudrais me détendre ailleurs. J'aurais aimé que tu viennes toi aussi, mais entre le football et Maggie… je me doute que tu préfères rester. Je ne serai pas partie plus de quinze jours. Comprends-moi, s'il te plaît. Je ne peux passer mes journées ici avec ces souvenirs.

Ses yeux s'emplirent de larmes.

– Tu veux aller en Louisiane ? m'écriai-je.

J'y étais allé une fois et je ne pouvais comprendre comment on pouvait avoir envie de se rendre chez ma grand-mère. Ce ne serait pas un voyage d'agrément. Avec cette femme, dans cette maison, elle avait connu l'enfer.

– C'est là que j'ai passé mon enfance, dit-elle en essuyant ses larmes. Je sais que tu n'en gardes pas de bons souvenirs, mais moi, si. Et puis j'ai besoin de me libérer un peu l'esprit. Cette tristesse…

C'était à elle de décider, et je ne demandais qu'à la voir heureuse. Évidemment, elle devait passer des journées terribles, seule ici, quand j'étais au lycée, quand je m'entraînais ou passais du temps avec Maggie. Elle allait me manquer, mais je ne quitterais pas Lawton.

– Tu as dix-huit ans, tu es un homme à présent. Tu seras bien ici, en mon absence. Tu as tes amis et Maggie. Si tu as besoin de moi, n'hésite pas à m'appeler et je reviendrai. Mais là, il faut que je parte, West. Il le faut.

Je la pris dans mes bras. Nous avions tous les deux perdu papa. Mais j'avais Maggie pour m'aider à surmonter ma peine. Elle n'avait personne.

– Je t'aime, Maman. Je comprends.

Elle renifla, me serra contre elle.

– Je t'aime aussi, et je suis fière de toi.

Pourtant, elle s'en allait. Papa venait de nous quitter, et elle s'en allait à son tour.

CHAPITRE 41

Dans son monde du silence

Maggie

C'était amusant de faire le marché avec tante Coralee. Elle n'arrêtait pas de bavarder, posait beaucoup de questions. Je ne m'étais pas rendu compte qu'elle en savait si peu sur moi. Et ça me plaisait de lui répondre.

En rentrant, on trouva Brady en train de jouer au basket devant la maison avec Asa, Gunner, Ryker et Nash. Avant d'entrer dans la maison, tante Coralee s'arrêta pour leur donner des bouteilles de soda. Ils vinrent vider le coffre et portèrent les sacs à la cuisine.

J'aidai ma tante à ranger les victuailles, puis me dirigeai vers ma chambre quand Gunner m'interpella :

– Alors, tu vas nous parler, maintenant ?

J'avais omis de prier Brady de rester discret. En outre, c'étaient aussi les amis de West. Mais maintenant qu'ils savaient que je parlais, je ne voyais trop comment réagir. Je ne tenais pas non plus à ce qu'ils me posent un million de questions.

– C'est bon, lança Ryker en s'asseyant dans le canapé avec un paquet de chips. Il nous a dit de ne pas t'en demander trop. Mais viens un peu avec nous.

Je redescendis vers eux. C'était préférable si je voulais me couler dans le monde de West.

– Voilà des semaines que tu chuchotes avec West, lança Nash, perché sur son tabouret. J'ai essayé de te faire dire des choses, mais ça n'a pas marché. West claque des doigts et voilà que tu te mets à parler.

– Nash ! lança Brady.

– C'est bon, Maggie. Tu peux venir me parler maintenant.

Gunner me fit sursauter en me posant un bras sur l'épaule.

– Elle veut me parler à moi, pas vrai ma puce ? lâcha-t-il avec son arrogance habituelle.

– Tu as intérêt à enlever ton bras si West rapplique, dit Asa.

– Pas peur de lui. Il va pas toucher à ces bras qui reçoivent si bien son ballon.

– Merde, grommela Asa en allant rejoindre Brady.

– Lâche-la, lança celui-ci sans lever les yeux de la télévision. Tout ce que vous allez obtenir, c'est qu'elle change d'avis.

– Je veux juste l'entendre dire quelque chose, cria Nash.

Je pouvais les laisser poursuivre indéfiniment sans émettre un son, ou je pouvais dire un mot et mettre un terme à cette comédie. Rassemblant mon courage, je répondis à Nash :

– Qu'est-ce que tu voudrais que je te dise ?

Silence dans la pièce. Et puis Nash me sourit.

– Oh là là, Maggie, même ta voix est jolie !

– Je me disais la même chose, émit Gunner sans me lâcher.

– Merci, dis-je sans trop savoir comment réagir.

– De rien, ma puce.

– Sérieux, reprit Nash l'air mauvais, enlève ton bras avant l'arrivée de West.

– T'inquiète pour West. Tu es juste jaloux. C'est comme ça depuis qu'elle est là. Mais tu traînes trop, mec, tu te plantes.

Là, je décidai de mettre fin à cette scène ridicule. Je m'éloignai de Gunner qui laissa tomber son bras.

– Je ne suis pas ta puce, l'informai-je. Et, franchement, si ça tente une fille, elle devrait se faire examiner.

– Et voilà comment tu lui troues le cul ! s'esclaffa Ryker.

– Tout le monde sait que Gunner n'aime que lui-même, ajoutai-je. Une fille serait trop naïve de croire autre chose.

Cette fois, lui aussi se mit à rire.

– Elle nous a bien écoutés dans son monde du silence.

– Pas besoin de beaucoup de temps pour piger ça ! ricana Asa.

– Sans vouloir changer de sujet, vous saviez que Riley Young était revenue ? demanda soudain Nash en promenant son regard de Brady à Gunner.

Ce dernier se figea, prit une expression glaciale que je ne lui connaissais pas.

– Elle ne va pas rester longtemps, maugréa-t-il en repartant vers la cuisine. Personne ne veut d'elle ici.

– Qu'est-ce que tu avais besoin de balancer cette connerie ? fulmina Brady. On savait tous qu'elle était revenue. Pas la peine de le souligner. Je l'ai vue à une soirée il y a deux semaines. Je lui ai fait comprendre qu'on n'avait pas besoin d'elle ici, et puis j'ai dit à Gunner que je l'avais vue.

– Tu l'as vue à une soirée ? s'étonna Asa. Merde. Elle manque pas d'air.

– Elle n'est pas restée. Je ne l'ai plus revue après.

La brune qu'on avait croisée l'autre soir, à qui Brady avait jeté un regard noir avant de s'en aller. Je l'avais oubliée. Ce devait être d'elle qu'il s'agissait. Mais pourquoi la haïssaient-ils ?

– Riley Young n'a rien à faire ici, énonça Brady comme s'il y pouvait quelque chose. On va le lui faire comprendre si elle essaie de revenir à Lawton. Personne ne veut d'elle. Et ce n'est pas le moment d'emmerder Gunner.

On frappa à la porte et elle s'ouvrit sur West qui entra en me regardant aussitôt. Oubliant tout le reste, je lui souris. Impossible de m'en empêcher.

CHAPITRE 42

Je ne peux pas être ta béquille

West

Le week-end passa vite. Trop vite. Je n'étais pas assez souvent à la maison pour que maman me manque. Je dormais dans la chambre de Maggie jusqu'à cinq heures, puis je m'éclipsais, rentrais chez moi prendre une douche, me changer et manger avant de ressortir. Je ne pouvais pas y rester plus longtemps.

Et puis je n'entendais plus résonner aucun rire. Avant, quand je rentrais à la maison, préoccupé par quelque chose, papa et maman étaient là pour m'écouter. Nos dîners de famille me revenaient sans cesse en tête quand je m'asseyais à table pour manger tout seul.

Lundi matin, pourtant, je ne pensais qu'à Maggie. Elle allait entamer sa première semaine au lycée, sans la protection de son silence. Sa tante allait l'accompagner pour en informer le principal.

Je m'arrangeai pour attendre devant le bureau jusqu'à ce que Maggie et Coralee en sortent.

La dernière sonnerie n'avait pas encore retenti, mais je me fichais d'être en retard ou non. Je m'inquiétais pour Maggie qui allait devoir affronter son premier cours sans moi, et tous les autres, d'ailleurs.

Ses yeux s'illuminèrent quand elle m'aperçut, et elle vint aussitôt glisser sa main dans la mienne.

– Bonjour, lui dis-je, content de sa spontanéité.

– Bonjour, répondit-elle en jetant un regard vers sa tante. On se voit après les cours.

– Bonne journée à tous les deux ! lança Coralee derrière nous alors qu'on filait vers les casiers.

– J'ai regretté de ne pas pouvoir t'amener aujourd'hui, lui glissai-je dès qu'on se fut assez éloignés de Coralee.

– À moi aussi tu m'as manqué.

– Je voudrais qu'on soit ensemble à tous les cours.

– Ça ira, dit-elle en me serrant la main. Promis.

Je n'en doutais pas, mais ça ne changeait rien au fait que je voulais rester avec elle, m'assurer que personne ne l'ennuyait, que personne non plus ne se montrait trop gentil… Non, je devais me contenir. Inutile de l'étouffer avec ma possessivité. Elle réapprenait à vivre et je devais la laisser respirer.

J'attendis le troisième cours pour prendre conscience qu'elle parlait aux autres.

En voyant Vance Young discuter avec elle devant son casier, j'éprouvai un coup de sang. J'avais horreur de ça. Elle était à moi. Elle ne parlait qu'à moi. Je ne voulais pas la partager.

Mon père était parti. Ma mère m'avait quitté. Et je ne voulais pas perdre Maggie.

– Dégage, Young ! râlai-je en l'écartant d'elle.

En même temps, je passai le bras sur la taille de Maggie.

– Qu'est-ce qui te prend, West ? gronda-t-il. Tu es furieux parce que ma sœur est revenue ? Tu sais que vous n'êtes qu'une bande de connards ? Tu ignores complètement ce qui s'est passé, ce qu'elle a vécu.

Ça n'avait rien à voir avec Riley. Ça, c'était l'affaire de Gunner, pas la mienne.

– Rien à fiche qu'elle soit là ou pas. Mais tu touches pas à ma copine.

– Je croyais que vous étiez juste amis. C'est ce que Serena a dit. Je ne savais pas.

– Elle est à moi, répétai-je.

Haussant les épaules, il leva les mains.

– C'est bon. Je croyais qu'elle était célibataire.

Une fois qu'il fut parti, je me tournai vers Maggie. Elle était adossée au mur voisin, complètement immobile.

– Qu'est-ce qu'il y a ?

Elle ne répondit pas tout de suite et j'eus peur qu'elle ne soit prise de panique après s'être mise à parler aux autres. Mais, finalement, elle leva les yeux vers moi.

– Tu vas devoir laisser les gens me parler, West.

Oui, je ne le savais que trop.

– Tu ne peux pas les envoyer promener en disant que je suis à toi. Ce n'est pas comme ça que ça marche.

– Attends, si un autre type te drague, je peux. Il devait savoir que tu étais prise.

Son visage se rembrunit, elle haussa le menton.

– Tu vas te conduire comme ça chaque fois qu'un garçon m'adressera la parole ?

Sans doute. Oui. Je haussai les épaules.

– Qu'est-ce qui se passe, West ? soupira-t-elle. Je ne sais pas. Tu dis que je suis à toi, mais qu'est-ce que ça veut dire ?

Elle plaisantait, là ? Je croyais m'être montré assez clair au moins une centaine de fois.

– Tu es tout pour moi, Maggie. Je ne voudrai jamais personne d'autre.

Avec un sourire triste, elle me caressa la joue.

– Sauf que si tu dois t'affoler chaque fois qu'un garçon m'adresse la parole, tu es mal barré. Ça ne te suffit pas que je sois ta copine ? Tu ne peux pas me faire confiance ? Jamais je ne te ferai souffrir.

– J'ai confiance en toi, et tu es beaucoup plus que ma copine. Mais je dois aussi te protéger.

Elle partit d'un petit rire.

– Du reste du monde ? Tu ne pourras pas.

Elle ne comprenait pas. Elle était tout ce qui me restait. La seule personne que j'aimais et qui ne m'avait pas quitté.

– Si, dis-je plus sèchement que je ne l'aurais voulu.

Elle fronça les sourcils, l'air déçu. Je ne voulais surtout pas ça. Je l'avais déjà vue me regarder ainsi et je détestais. Jamais je ne la laisserais tomber. Il fallait juste qu'elle l'accepte. Je ne la partagerais avec personne. Je ne pouvais pas. J'avais trop besoin d'elle.

– West, ce… qu'il y a entre nous. C'est…

Elle ferma les yeux, poussa un soupir, puis :

– J'étais là pour toi quand tu en avais besoin. Et je suis sans doute devenue plus qu'une béquille pour toi. Tu t'énerves dès que quelqu'un s'approche de moi ou me parle, et ce n'est pas normal. C'est malsain. Je ne t'ai jamais donné aucune raison de te montrer aussi possessif. Cette histoire entre nous, ça ne marchera pas si tu me surveilles comme un malade.

Qu'est-ce que ça voulait dire ? Je voulais juste la protéger. Qu'y avait-il de malsain à ça ? J'avais le droit d'être jaloux. J'étais amoureux.

– Je ne peux pas te perdre… je n'y survivrais pas… Il faut que tu acceptes.

Soupirant encore, elle s'écarta de moi. Je dus me retenir pour ne pas lui saisir le bras. Cette distance me terrifiait.

– Ce n'est pas comme ça que j'envisageais une relation, dit-elle. Tu possèdes en toi la force de survivre. Tu n'as pas besoin de moi pour ça.

Elle marqua une pause en fermant les yeux comme pour retenir ses larmes. Je voulus m'excuser. J'aurais fait n'importe quoi pour chasser cette tristesse de son visage, mais elle me regarda soudain avec une détermination que n'altéraient pas ses larmes.

– Je crois qu'on devrait ralentir un peu. Je voulais être l'épaule sur laquelle tu t'appuierais, que tu aies tout le soutien que je n'ai pas eu. Mais je vois maintenant que ça nous met dans une situation impossible. Je ne peux pas être ta béquille. Je ne voulais pas que ça se passe comme ça, mais…

Portant une main à sa bouche, elle étouffa un sanglot.

– Je ne peux pas continuer comme ça, West.

J'entendais ce qu'elle disait, mais mon esprit lui criait de se taire. Elle ne pouvait dire ça. Pourtant, sans me laisser le temps de répondre, elle tourna les talons et s'éloigna. Me laissant seul. Encore.

Puis elle se mit à courir. Sans se retourner.

Je restais sur place, incapable de réagir. Un vide profond m'arrachait le cœur et la vie. Je me sentais perdu, brisé.

L'unique personne à qui je croyais pouvoir faire confiance venait de me laisser tomber.

CHAPITRE 43

Il n'était pas seul, moi si

Maggie

Je me trouvais à l'unique endroit où je voulais être. Dans ma chambre ; difficile de mesurer combien ma relation avec West était devenue malsaine. Encore plus difficile de le repousser. D'autant que j'avais toujours envie d'être avec lui. Il n'était pas le seul coupable dans l'histoire. Je l'étais tout autant. C'était moi qui avais provoqué la situation. Je l'avais laissé devenir dépendant de moi.

Au début, ce n'était pas du tout ce que je voulais. J'avais imaginé y trouver un moyen de me guérir tout en l'aidant. Un moyen de retrouver la paix. Mais ça avait tourné à autre chose. Une chose à laquelle je n'aurais jamais songé. Je n'avais pas prévu de tomber amoureuse de West Ashby.

À présent, il fallait affronter la réalité et le laisser partir, résultat de mon stupide sentimentalisme. De l'amour. Alors que West ne m'aimait pas.

Il avait juste besoin de moi pour surmonter ses épreuves. Un jour, il pourrait se passer de moi et ce serait fini. Plus rien ne nous unirait que le chagrin d'avoir perdu un parent.

On frappa doucement à la porte, et Brady entra sans attendre ma réponse. Son front plissé suffit à me confirmer qu'il savait. West lui avait dit quelque chose. J'aurais préféré qu'il se taise. Je n'avais aucune envie d'en parler pour le moment.

– Ça va ? me demanda-t-il.

J'avais envie de répondre oui pour qu'il parte. Mais impossible de parler. Je haussai seulement les épaules.

Il hocha la tête comme s'il comprenait parfaitement.

– Lui non plus, ça ne va pas, m'informa-t-il. Tu n'as pas envie d'en parler ?

Non, pas envie. Plus je m'exprimerais sur cette situation, plus elle deviendrait réelle. Mieux valait la garder dans ma tête.

– Il tient à toi. Je ne l'ai jamais vu se comporter comme ça avec quelqu'un d'autre. Franchement, ça m'a inquiété. Mais tu en as assez bavé comme ça, sans avoir à te charger encore de ses problèmes. Il doit comprendre qu'il s'en sortira sans que tu doives t'occuper de lui.

À croire que j'avais abandonné West. Je n'aimais pas voir les choses sous cet angle. Jamais je ne ferais une chose pareille.

– Il était furieux, cet après-midi, parce qu'un autre mec m'avait adressé la parole. Ce n'est pas... sain. Il me considère comme un objet qui lui appartient et qu'il doit protéger. On est juste au lycée. Ce n'est pas normal.

Brady vint s'asseoir au bord de mon lit.

– Je reconnais que non. Il a toujours eu un sacré caractère. Même quand on était gamins. Je ne l'excuse pas, note bien. Mais tu es une personne. Pas une de ses possessions.

– Exactement.

Je m'en voulais de parler de ces choses-là avec son meilleur ami. West n'était pas là pour se défendre.

– Il voulait venir, reprit Brady, je lui ai dit non. Il doit te laisser le temps de gérer. Tu as bien fait.

– Sauf qu'il est tout seul, soufflai-je, le cœur de plus en plus lourd.

– Justement, j'y vais, dit Brady en se levant. J'ai appelé Nash, il devrait être là-bas dans quelques minutes. On s'occupe de lui. En un mois, tu as franchi des étapes gigantesques. Tu parles, Maggie. Ça veut dire que tu guéris. Soigne-toi. Je m'occupe de West.

Je hochai la tête, les yeux me piquaient. Il avait raison. West avait quelqu'un à qui parler. En fait, il avait tout un groupe d'amis capables de le tirer d'affaire. Il n'était pas seul.

Moi si.

Brady n'était toujours pas rentré lorsque je me couchai, ce soir-là. J'en fus soulagée. Du moment que je savais West entouré de ses amis, je pouvais m'endormir sans arrière-pensée. Aujourd'hui, j'avais dû affronter le lycée. Demain, ce serait West, et mes choix.

J'eus beaucoup plus de mal à me lever. J'aurais voulu rester cachée des semaines dans ma chambre. Jusqu'à ce que mon cœur ne me fasse plus mal. J'avais toujours su que West Ashby pourrait me faire du mal si je le laissais m'approcher. Je ne me rendais pas compte que ce serait si douloureux. J'aurais imaginé qu'il pourrait me plaquer pour une autre fille, ou par ennui.

Tandis que là, c'était beaucoup plus dur. C'était moi qui l'avais fait souffrir. Moi. Son regard me hantait, me rappelant sans cesse ma douleur en lui disant ces paroles cruelles.

– Tu as faim ? J'ai fait des gaufres, lança tante Coralee quand j'entrais dans la cuisine.

J'avais plutôt la nausée, mais elle s'était donné beaucoup de mal et je savais que je serais la seule à en manger.

– Brady n'est pas là, annonçai-je en espérant qu'elle était déjà au courant.

– Je sais, dit-elle en souriant. Je vais les emporter chez West qui reçoit tous ses amis. J'ai discuté avec Brady il y a une demi-heure.

Elle vint me passer un bras sur l'épaule, m'embrasser le front.

– Ça va bien ? me demanda-t-elle doucement.

Je répondis d'un simple hochement de tête, car je n'avais pas envie d'en parler.

Elle me serra contre elle.

– Dans la vie, on doit souvent faire des choix difficiles. Ça ne veut pas dire qu'ils soient mauvais pour autant.

– Mais s'ils le sont ?

Elle me lâcha pour aller préparer une assiette.

– Alors, le destin s'en mêle et vient tout réparer. Tu dois lui faire confiance.

Je n'ajoutai rien, mais ses paroles envahirent mon cerveau ; pourvu qu'elle ait raison.

CHAPITRE 44

Sinon tu la perdras

West

– Maman nous apporte des gaufres, lança Brady en ouvrant les rideaux sur un grand soleil. Debout, et prends ta douche. Nash dort encore sur le canapé. Je vais lui jeter de l'eau froide à la figure avant de m'en aller. C'est le seul moyen de le réveiller.

On n'avait pour ainsi dire pas dormi de la nuit. Les amis avaient bien essayé de me changer les idées, mais ça n'avait pas marché. Au moins, je n'étais pas seul. Sinon, j'aurais fini par me rendre à la fenêtre de Maggie. Je m'étais demandé plus d'une fois si c'était pour ça que Brady avait rappliqué avec les potes. Pour m'empêcher d'aller retrouver Maggie. Comment le lui reprocher alors qu'il était le seul à pouvoir m'empêcher de faire des bêtises ?

Il m'avait promis de lui parler, tout en estimant qu'elle avait besoin d'un peu de temps pour accepter la situation où elle se trouvait. C'était trop dur pour elle et j'éprouvais une peur insensée. Cependant, je ne savais absolument pas comment me comporter avec elle. Elle me rendait fou.

– Tu emmènes Maggie au lycée ? demandai-je à Brady.

Il ne répondit pas tout de suite, mais finit par préciser :

– Je vais prendre le petit déjeuner à la maison. Les amis sont habillés et attendent que maman leur apporte de quoi manger. Je crois qu'ils t'ont laissé un peu d'eau chaude.

– Comment je vais faire, aujourd'hui ?

Je n'avais pu m'empêcher de le dire tout haut. Il se retourna.

– Laisse-lui de l'espace. Tu vois bien que tu peux t'en tirer sans t'appuyer sur elle.

Il ne comprenait pas. Il n'avait jamais été amoureux. Qu'entendait-il par espace ? Fallait-il que je me détourne d'elle ?

– Comment ça, de l'espace ?

– Tu sais, lâche-la un peu. Laisse-la respirer.

– Faire comme si elle n'existait pas ?

Je n'avais pu m'empêcher de crier.

– Ouais, dit-il. Quelque chose comme ça.

Je me levai, lançai mon oreiller à travers la chambre.

– Merde, tu rigoles, là ? C'est impossible. Je ne peux pas. Je l'aime.

Je n'avais jamais dit ça à haute voix. Même pas à elle.

– Si c'est ça, tu dois trouver un moyen de la laisser un peu tranquille. Sinon tu la perdras.

– Je l'ai déjà perdue, lâchai-je effondré.

– Mais non ! Je lui ai parlé, je te l'ai déjà dit. Je sais ce qu'elle pense. Tu lui as juste fait peur. Elle croit qu'elle te sert de béquille, et c'est tout. C'est pour ça qu'elle agit ainsi. Je te jure qu'elle ne sait pas que tu l'aimes.

– Si je lui disais…

– Elle ne te croira pas. Elle pensera que tu es prêt à raconter n'importe quoi pour la récupérer. Tu dois lui laisser du temps.

Jamais je n'y arriverais. Mais je pourrais au moins faire semblant si ça pouvait la rassurer. Il était temps que j'essaie à mon tour de l'apaiser, quitte à m'éloigner un peu d'elle.

Asa et Gunner restèrent jusqu'à ce que je quitte la maison. Ils voulaient m'emmener au lycée, mais j'avais besoin du sentiment de liberté que me donnait mon volant. En fait, ce furent eux qui me suivirent tout le long du trajet, à croire qu'ils voulaient s'assurer que je n'aille pas ailleurs.

J'entrai dans le bâtiment alors que retentissait la dernière sonnerie. On allait tous arriver en retard au cours. Mais ce n'était pas comme si je les avais forcés à m'attendre. Je n'avais pas eu le courage d'aller à mon casier, de peur d'y voir Maggie. Je n'aurais pas pu faire semblant de ne pas la voir ; en fait, je me serais peut-être même abaissé à la supplier devant tout le monde.

Gunner me rejoignit.

– On n'arrivera pas en retard si on se dépêche.

Je me fichais de prendre un billet de retard, mais le coach risquait de me faire courir quelques sprints après l'entraînement s'il l'apprenait. La punition des joueurs qui manquaient les débuts de cours.

– Il faut que je prenne un bouquin, dis-je à Gunner.

Il me montra le sien.

– On va suivre ensemble. Viens, on court.

Je le suivis. Après l'entraînement, je voulais rentrer seul à la maison. Cette nuit, je n'avais pas pu réfléchir. Ils étaient gentils, mais je devais faire le point.

Gunner entra dans la salle de classe. D'un air irrité, Mme Sentle nous fit signe de nous asseoir.

– Contente de vous voir, Messieurs.

Je pris place à côté de Gunner qui souriait triomphalement.

– Je te l'avais dit !

– Salut, West ! lança une blonde inconnue en se tournant vers moi.

Gunner pouffa de rire.

– Tu vois, tu es de nouveau sur le marché.

Je ne répondis ni à l'un ni à l'autre. Si je devais prouver à Maggie que je l'aimais, ce n'étaient pas les filles de ce genre qui risquaient de m'aider. Je fusillai Gunner du regard.

Il n'en rit que plus fort. Connard.

CHAPITRE 45

Je n'aime pas qu'on me regarde

Maggie

Il faudrait bien que ça finisse par arriver. Je ne pourrais pas toujours éviter West. J'avais déjà eu du mal à me passer de mon casier pour le premier cours. Il était temps d'affronter la réalité. Encore que son emploi du temps l'empêchait de passer dès l'heure suivante, j'avais donc un répit.

Dans les couloirs, je sentais les regards se poser sur moi. Ça avait été comme ça toute la matinée. Plusieurs filles m'avaient traitée de salope ou de pouf. De l'avis général, j'étais quelqu'un d'horrible pour avoir rompu avec West alors qu'il venait de perdre son père. Et quelque part, j'étais d'accord.

Arrivée à mon casier, je l'ouvris en hâte, mais une main aux longs ongles rouges en claqua aussitôt la porte, manquant me coincer les doigts.

– Espèce de pourriture ! siffla une voix dans mon oreille.

Je me doutais bien que j'aurais affaire à elle à un moment ou un autre de la journée. Juste pas comme ça.

Je me tournai vers Raleigh qui me dévisageait d'un air quasi triomphal.

– Tu es vraiment une garce sans cœur, ajouta-t-elle assez fort pour que tout le monde l'entende.

Le silence se fit autour de nous. Apparemment, on nous écoutait, et elle allait en rajouter.

Mieux valait ne pas lui répondre. Elle en profiterait aussitôt.

– Rien à dire ? Quoi ? Tu redeviens muette ?

Elle me poussa en arrière, me faisant heurter le casier, puis pointa l'index sur mon visage. Je crus qu'elle allait me griffer.

– Tu n'es pas assez bien pour lui. Tu es un monstre. Juste. Un. Monstre.

À l'instant où ses ongles allaient atteindre ma joue, elle fut propulsée en arrière.

– Si tu allais jouer les connasses ailleurs ? lança Nash en s'interposant. Maggie t'a assez vue.

– Parce que tu la défends, maintenant ? Toi, l'ami de West ?

– L'un de ses meilleurs amis. Et même si Maggie n'en était pas une aussi, je ferais ça pour lui. Je peux te dire que s'il t'avait vue, là, il aurait pété un câble. C'est pas en t'attaquant à elle que tu le récupéreras.

– Elle s'est foutue de lui ! hurla Raleigh.

– Non, elle l'a sauvé. Quand personne d'autre ne pouvait le faire. Maintenant, barre-toi avant qu'il apprenne ton petit jeu. Parce qu'il va venir voir si Maggie va bien et, ensuite, il se chargera de toi.

– N'importe quoi ! Il a besoin de moi.

À mon grand désarroi, cette fille me mettait le cœur en vrille quand je l'imaginais en compagnie de West. Elle ou toute autre fille, d'ailleurs. C'était moi qui avais brisé notre histoire. Lui reprendrait sa vie. Et il faudrait bien que je m'y fasse.

Nash se tourna vers moi, et son air inquiet faillit m'arracher des larmes ; je détestais attirer ainsi l'attention sur moi seulement, mais aujourd'hui, j'avais l'impression que le seul fait de respirer alertait déjà les autres.

– Ça va ? Elle est timbrée, oublie.

Je ne pus que secouer la tête. Ça n'allait pas bien du tout, mais Raleigh n'y était pour rien.

– Tu es toute pâle.

– Je n'aime pas qu'on me regarde.

– Tu sais, ma belle, soupira-t-il, il va falloir t'y faire. J'ai entendu ce qui se disait. C'est même pour ça que je suis venu te voir. Pour vérifier que tu t'en tirais.

– Merci, dis-je malgré la boule qui me serrait la gorge.

– Prends tes affaires. Je t'accompagne à ton prochain cours. Je dirai à Brady de ne plus te laisser seule ensuite ; avec l'équipe, on devrait pouvoir te protéger un certain temps. Du moins, jusqu'à ce qu'ils trouvent autre chose pour s'occuper.

J'aurais aimé pouvoir dire que je n'avais pas besoin d'eux. Que je savais me défendre. Sauf que je ne savais pas. Parce que s'il n'était pas intervenu, Raleigh serait encore à me crier dessus.

– D'accord, répondis-je en retournant vers mon casier.

– Il sera furieux quand il apprendra ça. S'il vient te voir, souviens-toi que ce n'est pas contre toi qu'il en a. Il croit que c'est lui qui a provoqué ce qui s'est passé entre vous. Il veut te protéger. Il ne va pas aimer ce qui vient de se passer.

Une larme m'échappa, que j'essuyai en vitesse. Si seulement il éprouvait pour moi autre chose que le besoin de me protéger… Quelque chose de plus profond. Pas seulement le désir de m'avoir auprès de lui pour mieux me surveiller. J'avais envie de représenter davantage à ses yeux qu'un simple soutien.

– Prête, dis-je en prenant mes livres pour suivre Nash.

Sans me poser de questions ni reparler de West, il me précéda jusqu'à ma salle de cours. Une fois devant, je le remerciai puis entrai. Tous les yeux se levèrent sur moi, alors je regardai mes livres et m'installai à un bureau du fond. Si je voulais suivre le cours, il fallait que je me tienne aussi loin que possible des autres.

CHAPITRE 46

Je veux t'appartenir

West

Nash entra dans la salle de cours au moment de la sonnerie. Il regarda autour de lui, finit par me repérer et s'approcha, l'air soucieux, s'arrêta devant mon voisin, un type à lunettes et cheveux frisés, pour le convaincre d'un regard de lui céder la place.

Dès qu'il fut installé, il murmura :

– Il y a eu… un problème devant les casiers… mais je l'ai réglé et elle va bien.

Mon cœur se serra et je fermai les poings.

– Explique.

J'avais dit ça tout haut, prêt à filer trouver Maggie. Je ne restai à ma place que parce que j'étais censé la laisser tranquille.

– Raleigh l'a coincée devant les casiers.

Pas besoin d'en entendre davantage. Je me levai pour courir vers la porte.

– Où allez-vous, Monsieur Ashby ? demanda la prof.

– Je suis malade, dis-je avant de sortir.

J'aurais peut-être dû attendre que Nash m'en dise davantage. Par exemple, pour savoir si Raleigh l'avait touchée ou non. Mais mon instinct était le plus fort.

Je me dirigeais vers la salle de Maggie quand la porte se rouvrit derrière moi.

– West, attends ! lança Nash.

– Je vais chercher Maggie.

– Elle va bien, je te dis.

– Raleigh l'a touchée ?

Il ne répondit pas et j'en tirai mes conclusions.

– Elle voulait prendre ta défense, à sa façon délirante. Les filles du lycée en ont conclu que Maggie était l'ennemie puisqu'elle avait rompu avec toi. Tu en as certainement entendu parler. Ça devait arriver. Il fallait bien que quelqu'un la console.

Là, je m'arrêtai.

– Quoi ? demandai-je incrédule.

– Quoi, quoi ?

– Qu'est-ce qu'elles ont dit ?

– Les filles ?

Je fis oui de la tête.

– Des vacheries sur Maggie. Elle ne réplique pas ; elle garde la tête basse. Je l'ai accompagnée à son cours et j'ai envoyé un texto à Brady pour qu'il aille la chercher au déjeuner. Mais ils vont vite se lasser.

– Attends, dis-je, bouillant de colère. Tu dis qu'on a raconté des merdes toute la journée sur Maggie. À cause de moi ?

– Oui, mais je croyais que tu les avais entendues…

Si je les avais entendues, je les aurais fait taire. Pour qui me prenait-il ? Mes propres amis ne s'étaient pas aperçus que je l'aimais ?

Je me précipitai vers la classe de Maggie, m'arrêtai devant la porte, inspirai un coup. Mes émotions me submergeaient. Je ne voulais pas lui causer de chagrin, pourtant, il semblait que c'était tout ce que j'arrivais à faire. Elle s'était échappée parce que je me conduisais comme un débile. Je m'accrochais à elle sans me préoccuper des démons qui devaient l'habiter elle aussi. Elle avait besoin de moi et tout ce que j'avais fait, c'était me servir d'elle.

J'allais maintenant lui offrir l'épaule sur laquelle elle pourrait pleurer. Je voulais qu'elle s'appuie un peu sur moi, pour changer. Et encore plus.

Ouvrant grand la porte, je parcourus la salle jusqu'à repérer Maggie, toute seule au fond, comme prête à se faufiler sous son bureau.

– Vous désirez, West ? demanda M. Banks.

– S'il vous plaît, Monsieur, il faut que je voie Maggie.

– Euh, bon… si vous voulez. Mais faites vite.

Je me retournai vers elle. Si je pouvais l'implorer du regard… Elle se leva lentement et vint me rejoindre, les yeux rivés vers le sol, les poings serrés devant elle. Inquiète. Ce que je n'aurais jamais voulu provoquer en elle.

Quand elle fut arrivée à ma hauteur, je reculai pour la laisser passer dans le couloir, avant de refermer la porte derrière nous.

– Ça va ? lui demandai-je en m'interdisant de la prendre dans mes bras.

– Ça va.

– Je vais parler à Raleigh. Elle ne t'embêtera plus, juré.

– Tu sais, elle tient à toi. Elle voulait te défendre.

Non, Raleigh ne tenait qu'à elle-même. Je n'entrais pas en ligne de compte. Elle avait trouvé un angle d'attaque contre Maggie et s'y était immédiatement engouffrée.

– Si elle tenait à moi, elle ne t'aurait pas touchée. Quand on tient à moi, on te protège. Comme Nash.

Elle leva les yeux vers moi, et j'eus l'impression d'y voir se refléter les émotions que j'essayais moi-même de surmonter.

– Je ne voulais pas te faire de mal, ajoutai-je.

– Je sais. Mais moi je t'en ai fait. Je n'ai pas été celle dont tu avais besoin.

Détournant les yeux, elle parcourut le couloir du regard. Sans plus me retenir, je lui pris la main.

– Tu avais raison. Je me suis appuyé sur toi pour tenir le coup. Je ne te donnais rien de mon côté. J'étais juste obsédé par l'idée de te garder avec moi. Je me disais que tu m'appartenais. Et ça ne t'aidait pas. Je voulais juste te garder.

Elle ne répondit pas, mais ne retira pas sa main non plus.

– On s'est rapprochés parce que tu parvenais à écouter, à comprendre ce que je traversais. C'est vrai que tu es devenue ma béquille. Je voulais rester près de toi pour profiter de ta force extraordinaire.

Elle renifla, toujours sans me regarder.

– Mais les choses ont changé. Oui, tu es devenue quelqu'un sur qui je pouvais m'appuyer, mais aussi autre chose. Je ne cherchais plus qu'à entendre ta voix, qu'à voir ton sourire et, par-dessus tout, à t'écouter rire. J'adore ton rire. J'aimais tout en toi. Je n'aurais jamais dû…

Je m'interrompis. Il fallait surtout que je ne raconte pas n'importe quoi. Que je ne gâche pas tout. C'était important. Ma dernière chance de tout arranger.

– Cette nuit-là… où on a couché ensemble… Maggie, je…

Il fallait qu'elle me regarde. Je lui glissai un doigt sous le menton, le soulevai jusqu'à ce que nos regards se croisent.

– Maggie, je savais alors que je t'aimais. Je ne te le disais pas parce que j'étais trop bouleversé. Je ne t'ai pas fait l'amour pour me rassurer mais parce que je voulais être aussi proche de toi que possible. Parce que, même si je venais de perdre mon père, je venais de te recevoir dans ma vie. Toi, qui m'aidais à me sentir accompli. Qui me donnais une raison de sourire tous les jours. Et je me suis laissé un peu aller, je perdais l'esprit avec ce besoin de te retenir. Je ne veux pas te posséder, Maggie. Je veux t'appartenir. Je veux te consacrer tout le temps dont tu as besoin. Mais tu dois avant tout savoir que je suis amoureux de toi.

Je laissai retomber mon doigt, lui lâchai la main.

Elle ne dit rien, ses grands yeux emplis de larmes. Je dus faire appel à toute ma volonté pour la laisser là et m'en aller.

CHAPITRE 47

Une deuxième chance ?

Maggie

Il m'aimait.

Tout ce qu'il avait dit était… ce dont j'avais besoin.

La tristesse et la douleur qui s'étaient installées en moi s'envolèrent. West m'aimait. Je n'étais plus une compensation devant son deuil.

– Attends ! criai-je.

Il était parti derrière moi, déjà au milieu du couloir. Il s'arrêta et, une seconde, je crus qu'il n'allait pas me regarder. Et puis si, de ses yeux brillants d'espoir. Tout l'espoir que je pouvais voir de là où j'étais.

J'insistai :

– Je ne voulais pas que tu te réveilles un jour en t'apercevant que tu n'avais plus besoin de moi. Je n'aurais pas survécu à cette douleur. J'en voulais plus. Je suis tombée amoureuse de toi, et ça me terrifiait.

Il revint vers moi à grandes enjambées, sans me quitter des yeux. Arrivé devant moi, il me prit le visage dans ses mains, me regarda.

– Merci, mon Dieu ! souffla-t-il avant de m'embrasser.

Je m'accrochai à ses épaules en laissant mes larmes couler. Il les essuya des pouces, nos langues se rencontrèrent avec avidité.

– Je croyais que tu devais la laisser tranquille ! lança la voix de Brady.

Je me redressai pour apercevoir mon cousin derrière l'épaule de West ; il n'avait pas l'air trop mécontent.

West lui sourit, me posa un baiser sur le bout du nez.

– On dirait que non, lui répondit-il.

– Du moment qu'elle est contente ! répliqua Brady en riant.

Nos regards se croisèrent ; il semblait guetter une confirmation de ma part.

– Je suis très heureuse, assurai-je.

– Bon, dit-il en s'adressant de nouveau à West. Prouve-moi que tu la mérites.

– Promis.

– Tant mieux, parce que si je ne peux pas botter les fesses de Raleigh, je peux botter les tiennes.

Cette fois, ce fut moi qui éclatai de rire.

Ce soir, j'avais rendez-vous avec West. Un vrai rendez-vous. Comme les autres couples. Comme nous n'en avions encore jamais eu ensemble.

Ça commençait à se voir quand oncle Boone lui demanda où on allait et lui rappela de veiller sur moi. C'était sans doute pour ça que j'aurais préféré m'échapper par la fenêtre. En revanche, ça ne sembla pas troubler West qui paraissait tout content.

Pendant le trajet, il tapota la place du milieu.

– Viens te mettre là.

Ce que je fis, pour me retrouver aussi près de lui que possible.

– Tu n'as pas demandé où on allait, reprit-il en posant une main sur ma jambe.

– Parce que ça m'est égal tant que je suis avec toi.

– Ça me dit quelque chose, commenta-t-il en souriant.

Je posai la tête sur son épaule.

– Alors, dis-moi où on va.

– J'avais plusieurs idées, en fait, mais aucune ne me semblait coller avec notre premier rendez-vous officiel.

Ce qui ne répondait pas à ma question. Encore que ça m'était égal, mais il avait attisé ma curiosité.

– Ça ne répond pas à ma question.

Il me déposa un baiser sur la tête.

– Si je te le dis, tu n'auras plus la joie de la découverte.

Du coup, je regardai la route pour essayer de deviner. Il n'y avait pas de soirée organisée ce soir. À quoi jouait-il ?

Il se gara dans la clairière et coupa le moteur. Il regarda un instant devant lui avant de se tourner vers moi.

– C'est là que je t'ai vue pour la première fois. Je t'ai trouvée jolie. Tu t'en doutes. Tu m'as tout de suite plu. Mais j'avais laissé maman seule avec mon père malade et ça m'inquiétait. Je m'en voulais un peu, en même temps ça m'énervait parce que je ne pouvais rester avec toi, profiter du moment. Mais mon père s'en allait doucement et j'étais terrifié.

Marquant une pause, il me prit la main.

– Ce soir-là, j'étais anéanti, prêt à tout lâcher. Ma douleur devenait incommensurable, et je n'avais personne… Et puis tu es venue.

Je sentis mes yeux picoter. Tant de choses s'étaient passées depuis notre rencontre. C'était sans doute sa douleur qui nous avait réunis, mais je l'aurais détruite en un instant si j'avais pu. Même si, pour ça, je devais maintenant me passer de lui.

– Je n'ai songé qu'à moi, cette nuit-là. Au début, tu ne représentais qu'une distraction. Tu étais superbe, silencieuse, cachée dans l'ombre. Je voulais me perdre en toi. Et, à un moment, je n'ai fait que ça. Le goût de tes lèvres m'a paru plus doux que tout ce que j'avais connu. Pendant une seconde, j'en ai oublié mon chagrin. Mes peurs. Ma colère. Pour ne plus que savourer ta présence.

Il me prit la main, la baisa avant de la retourner pour m'en embrasser la paume.

– Je ne me rendais pas compte à quel point tu m'étais précieuse ; je venais juste de trouver celle qui allait tant me soutenir, m'aider à guérir, et je ne m'en rendais pas compte. Je te remercie de t'être ouverte à moi, de m'avoir parlé. Ça me fait mal de penser que tu pourrais n'être plus là. Sans toi, jamais je n'aurais pu tenir le choc.

Une larme me glissa sur la joue, qu'il attrapa d'un doigt.

– Tu es devenue la partie la plus importante de ma vie. Je ne veux pas que tu te poses seulement la question et j'aimerais revivre cette première nuit où on s'est rencontrés. Donne-moi une deuxième chance

Une deuxième chance ?

– Quoi ? lui demandai-je sans comprendre.

Il ouvrit sa portière, descendit, contourna le pick-up et vint me chercher, la main tendue.

– Une deuxième chance, répéta-t-il avec un clin d'œil. Pour que les choses se passent bien, il faut que tu ailles te mettre sous cet arbre, et que tu sois aussi renversante que d'habitude. Après quoi, on reprend les gestes de ce soir-là. Mais au lieu d'être blessé et furieux, je serai le type que tu méritais. Celui que tu as guéri. Sauf que je t'emporterai avec moi si vite que tu ne sauras même pas ce qui t'arrive.

Cette fois, je ris alors qu'une autre larme m'échappait. Je retournai vers l'arbre où j'avais reçu mon premier baiser. Ce soir-là, je m'étais sentie trop seule, jusqu'à ce que West se présente… Il avait illuminé mon monde, sans s'en rendre compte. Au point qu'il croyait devoir recommencer.

Je n'étais pas d'accord, mais j'acceptai quand même.

Il leva le pouce quand il estima que j'avais repris ma place exacte. En le voyant revenir avec la même démarche, j'eus envie de pouffer de rire. Ça me semblait un peu nunuche, mais c'était trop mignon. Je devais le reconnaître.

– Qu'est-ce que tu fais là toute seule ? La fête est là-bas.

Je retins un autre rire.

– Là, je dois parler ou me taire ? Je ne parlais pas, à cette époque.

– Tu es nulle en deuxièmes chances, on dirait, souffla-t-il contre ma bouche.

– Tu n'as pas été très clair non plus ! dis-je en riant.

Il m'embrassa le coin de la bouche.

– Tant pis, on passe au meilleur moment, murmura-t-il. Là, je suis très bon.

Et de me couvrir la bouche de la sienne.

Le premier soir, je ne savais pas trop. Les choses avaient tellement changé depuis. À présent, je savais exactement que faire. Je glissai mes mains sur ses bras, j'adorai les sentir frémir à ce contact, je remontai vers les épaules.

Nos langues dansaient et se taquinaient tandis qu'il promenait les doigts à l'entrée de mon T-shirt, pour me caresser la peau. Ça ne s'était pas passé ainsi la première fois. Mais, ce soir, c'était ce que je voulais. Je remontai les mains, les croisai sur sa nuque, soulevant ainsi les bords de mon haut comme pour mieux tenter West.

Il ne se fit pas prier.

Quand il attrapa ma poitrine dans ses paumes, je ne pus retenir un petit cri. J'adorais les sensations qu'il me procurait en ce moment.

Il recula trop brusquement.

– Si j'avais fait ça ce soir-là, tu m'aurais sans doute mis un coup de genou dans l'entrejambe.

– Je me serais plutôt évanouie.

Il me caressait à travers le satin de mon soutien-gorge. Je frémis, m'agitai, essayant d'en obtenir davantage.

– On devrait prendre notre temps pour cette partie, soupira-t-il, le regard brûlant.

– Je croyais que c'était ça que tu avais projeté, dis-je les yeux fermés.

– Non, ce sera vachement mieux.

CHAPITRE 48

Prends tout ton temps

West

Quinze jours plus tard…

On se tenait la main dans la main devant la tombe de la mère de Maggie. Cette nuit-là, après le match, on n'était pas allés célébrer la victoire avec les copains. On avait pris nos sacs et on était partis. Maggie ne s'était plus rendue sur la tombe de sa mère depuis les obsèques, dont elle ne gardait pour ainsi dire aucun souvenir. Une fois qu'elle m'eut confié ça, j'avais tout de suite voulu l'emmener là-bas.

J'allais sur la tombe de mon père tous les samedis matin, pour lui raconter le match de la veille. Ça m'aidait. Je le sentais proche de moi, même s'il n'était pas là.

La menotte de Maggie se retira de la mienne. Brady nous attendait dans le pick-up. Sans sa présence, l'oncle et la tante de Maggie n'auraient jamais accepté qu'elle s'en aille deux jours.

– Je voudrais parler toute seule à maman, dit-elle doucement.

Je me penchai, l'embrassai au coin de la bouche.

– Prends tout ton temps.

Puis je la laissai affronter son passé et son chagrin. J'aurais aimé rester auprès d'elle, mais je n'allais pas la forcer. Il fallait juste que je sois là quand elle avait besoin de moi.

– Tu la laisses toute seule ? demanda Brady quand j'ouvris la portière.

– Elle me l'a demandé.

Dans un soupir, il me tendit son téléphone.

– Tiens, je viens de recevoir ce texto de mon père. Il n'a pas appelé, car il avait peur que Maggie l'entende. Ils veulent l'avertir.

Je lus plusieurs fois le message, une boule dans l'estomac.

Son père s'était pendu dans sa cellule le matin même. On ne précisait pas comment il s'y était pris. Maggie se comportait comme s'il était déjà mort, mais à quel point en serait-elle affectée ? Elle en avait tant vu que j'aurais préféré lui épargner cette nouvelle. En même temps, elle avait le droit de savoir.

– J'ai rappelé. Le père de Maggie aurait laissé une lettre. Papa ira la chercher. On n'est pas sûrs qu'elle doive la lire, alors qu'elle recommence juste à vivre une vie normale.

– Ne lui dites rien sans moi.

– Promis.

Un jour, on considérerait cette époque avec un peu de recul. J'avais hâte de m'y retrouver.

CHAPITRE 49

Je pleurais pour moi

Maggie

Je m'étais endormie durant le trajet de retour, la tête sur l'épaule de West qui avait passé son bras autour de moi, laissant ses doigts jouer doucement dans mes cheveux. Je me sentais bien, à l'abri. J'en avais besoin après avoir rendu cette visite à ma mère.

Je n'y étais pas vraiment préparée. C'était une chose de savoir que son corps reposait sous terre. C'en était une autre de voir sa tombe. La main de West sur la mienne m'avait donné la force qu'il me fallait pour faire face. Une fois certaine que je n'allais pas m'effondrer, je lui avais demandé de me laisser seule avec elle pour pouvoir lui parler.

Alors, j'avais raconté à maman ma vie avec oncle Boone, tante Coralee et Brady, en commençant par le jour de mon arrivée puis en évoquant les principaux épisodes qui avaient suivi. Particulièrement sur West et son papa. En terminant, je constatai que West avait raison, je la sentais plus proche de moi, maintenant.

– Papa m'envoie un autre SMS, murmura la voix de Brady. Il veut la prévenir ce soir.

« La », c'était moi ? De quoi parlaient-ils ?

Sentant West se crisper, je ne bougeai pas, les yeux clos.

– Il lui faut un peu de temps, répondit-il à voix basse.

– Je vois, reconnut Brady. Je vais parler à papa. Ta mère t'attend à la maison, je crois, non ?

Sa mère était effectivement rentrée, mais elle avait un comportement bizarre et je voyais que ça inquiétait West. Elle était partie trop brusquement après la mort de son époux, laissant son fils tout seul. Ça ne lui ressemblait pas. Maintenant, elle était là, mais semblait désorientée, oubliant des choses, brûlant des plats, dormant la moitié de la journée.

– Oui, elle est là, dit West.

L'inquiétude se percevait dans sa voix. J'avais envie de le serrer dans mes bras, de lui dire que tout irait bien. Mais je ne pouvais pas, car j'ignorais ce qui se passait.

J'attendis dans l'espoir qu'ils parlent davantage de ce que mon oncle avait à me dire. Comme ils n'en faisaient rien, je finis par m'étirer et me redresser.

– Il serait temps de te réveiller, me taquina Brady. Tu as dormi presque tout le trajet.

West se mit à rire, puis m'attira vers lui, m'embrassa sur le front.

– Fiche-lui la paix, c'est un jour difficile pour elle.

Il savait ce qu'oncle Boone avait à me raconter. Si je le lui demandais, il me le dirait. Je levai la tête vers lui, le regardai dans les yeux.

– Merci, dis-je.

– De rien.

Il n'avait pas besoin d'en dire davantage, car je comprenais ce que ça signifiait. Qu'il ferait n'importe quoi pour moi. Tout ce que je lui demanderais.

– On arrête là les amabilités ? marmonna Brady. Vous n'êtes pas seuls, non plus.

West me décocha un sourire malicieux. J'adorais.

Une fois arrivé, il passa chez lui vérifier où en était sa mère, tandis que je descendais voir mon oncle Boone. Ni Brady ni West ne m'avaient rien dit ; je savais que c'était pour me protéger, mais je tenais à savoir de quoi il s'agissait.

Oncle Boone était installé dans sa chaise longue, un livre entre les mains. Il me regarda par-dessus ses lunettes. Je surpris une brève lueur d'inquiétude dans ses yeux, vite masquée par un sourire.

– Tu as fait un bon voyage ? demanda-t-il.

– J'en avais besoin. De la voir. Mais je voudrais aussi savoir ce que Brady et West me cachent.

Il fronça les sourcils et reposa son livre, ôta ses lunettes.

– Tu as déjà eu une journée éprouvante, Maggie.

Certes. Il avait raison.

Pourtant, ça ne changeait rien au fait que j'avais le droit d'être mise au courant quand j'étais concernée.

– Je veux savoir.

Il me fit signe de m'asseoir en face de lui sur le canapé. Visiblement, il n'avait pas envie de m'en parler ; je me doutais juste que ça avait quelque chose à voir avec mon père.

Les mains serrées sur mes genoux, j'attendis.

– C'est ton père… finit-il par dire après un long silence.

Cette fois, ma peur devenait palpable.

– Il est mort, Maggie. On l'a trouvé ce matin.

Il est mort.

Paroles qui auraient dû entraîner tristesse, affolement, douleur ; je n'en éprouvai qu'un sentiment de vide. J'avais envie de ressentir au moins du soulagement, mais même pas. Il m'avait privée de ma mère et avait tout gâché. J'avais presque envie de me réjouir de ne plus jamais le revoir.

Mais non.

Alors, je restais là, à me répéter ces mots dans ma tête. C'était fini. *Il est mort.*

Les bons souvenirs que je gardais de lui ne pouvaient effacer les mauvais, la tristesse, les regrets.

Ma mère avait représenté pour lui un bel objet qu'il voulait posséder. Ce qui avait fini par lui arriver, avant qu'il ne s'en débarrasse comme si elle n'était plus rien. Elle l'aimait. J'avais vu dans ses yeux combien elle cherchait à lui plaire. Mais rien de ce qu'elle faisait ne lui suffisait plus. Elle ne représentait pas ce qu'il avait espéré, pourtant, il n'avait pas pu la laisser partir, vivre sa vie. Il ne l'avait gardée que pour finir par la détruire. Elle, et nous avec elle.

J'avais toujours cru qu'il m'aimait. Il arrivait même que je me sente chérie, adulée. Je me demandais si ma mère avait connu ce bonheur. Si c'était pour ça qu'elle l'aimait tant. Mais il n'était pas digne de notre amour.

Je l'avais haï. J'avais souhaité sa mort.

Et voilà que c'était arrivé.

Je n'en gardais qu'un sentiment de vide.

– Maggie, je sais que c'était ton père. Quoi qu'il…

– Non, dis-je en l'empêchant d'en dire plus. Non ! Ce n'était pas mon père. Il a cessé d'être mon père le jour où il m'a pris ma mère. Ne dis pas que tu compatis, ne dis pas que j'ai le droit de le pleurer, parce que, à mes yeux, il est mort depuis deux ans. Ceci ne fait que le confirmer.

Oncle Boone n'essaya pas d'en dire davantage. Je me levai, me précipitai vers ma chambre. Où je pourrais me retrouver seule. Où je n'aurais pas à parler.

Quelques minutes plus tard, tante Coralee vint frapper à ma porte. Je lui assurai que tout allait bien et voulais juste être seule, ne parler à personne.

Elle n'insista pas.

Une heure plus tard, la fenêtre de ma chambre s'ouvrait et West se glissait à l'intérieur, le visage anxieux. Je le regardai depuis mon lit où j'étais assise, mes genoux pliés sous moi. Mes larmes se mirent à couler.

Il s'assit près de moi, me prit dans ses bras, et j'éclatai en sanglots. Une fois blottie contre lui, je pouvais pleurer sur tout ce que j'avais perdu. Tout ce que je n'aurais jamais. Je pleurais ma mère, les circonstances tragiques de sa mort. Je pleurais pour West et son père. Et je pleurais pour moi.

ÉPILOGUE

West

Ce ne fut que chez Brady, en regardant de vieux albums de photos quelques semaines plus tard, que je compris qui elle était.

Cela remontait à Noël en classe de cinquième. Brady devait se rendre dans le Tennessee pour y passer les fêtes en famille, et il supplia sa mère de m'emmener. J'y étais déjà allé, je savais à quel point c'était barbant, mais je ne pouvais pas refuser ça à mon meilleur ami.

On emportait toujours un ballon de football pour jouer dehors, même sous la neige, pendant la fête. La seule fois où on se mêlait aux invités, c'était pour manger. Il n'y avait pas d'autres enfants avec nous, juste une fille. Je l'avais déjà vue quelques années auparavant, mais pas cette année-là. Encore que je ne la cherchais pas vraiment.

Brady était rentré pour aider son père et j'avais décidé de visiter la maison. Je n'allai pas loin, car j'entendis des pleurs. J'hésitai à entrer dans la chambre, espérant que celle qui l'occupait ne m'avait pas aperçu sur le seuil. Mais elle leva la tête et les plus beaux yeux verts de la terre se posèrent sur moi. De longs cheveux noirs lui encadraient le visage. Cette pièce rose et argent faisait penser à un conte de fées. Ça lui allait bien.

Elle continua de me regarder en reniflant. Je ne savais pas trop si elle voulait que je la laisse seule ou que je lui demande si je pouvais faire quelque chose. Ma mère ne m'avait pas enseigné à fuir devant une fille qui pleurait, alors j'allai m'asseoir à côté d'elle.

– Qu'est-ce qui se passe ? lui demandai-je. C'est Noël.

J'espérais ainsi la consoler un peu. Je ne mentionnai pas le fait qu'elle me faisait penser à une princesse et que je n'en avais jamais vu pleurer à la télévision.

Elle s'essuya le visage en reniflant encore.

– On dirait pas, bredouilla-t-elle.

– Attends, avec tous ces chants, cette décoration plus lumineuse que toute la ville de Lawton ? Tu te crois pas à Noël ?

Elle détourna les yeux, le visage triste.

– Ça veut rien dire. Les choses et les gens ne ressemblent pas toujours à ce qu'on croit.

Quel âge avait cette fille ?

Elle parlait comme une adulte, pourtant, elle n'était pas plus âgée que Brady et moi.

– Une de tes amies t'a embêtée ? demandai-je.

Je connaissais les histoires de filles. Ça n'arrêtait pas, à l'école.

– J’aimerais bien, murmura-t-elle sans me regarder.

Je commençais à en avoir assez d’essayer de la rassurer.

– Celui qui t’embête ne vaut pas la peine que tu pleures si fort, dis-je à tout hasard.

Elle finit par me regarder.

– On ne choisit pas toujours les gens avec qui on vit, par exemple ses parents. Et on ne peut pas décider à leur place. Ce n’est pas si simple. C’est mon père. Je l’aime. Je dois l’aimer. Pourtant, il lui fait du mal. Elle passe sa vie à essayer de lui plaire, mais il s’en va tout le temps avec quelqu’un d’autre. Comme ce soir. Il devrait être là. Il avait promis.

J’ignorais ce que ça pouvait faire. Mes parents s’aimaient, et je ne voyais pas mon père faire du mal à ma mère. Il semblait que ce n’était pas le cas pour cette fille. Et je ne l’enviais pas. Même si sa maison était plus grande que l’église où j’allais le dimanche, plus grande que celle de Gunner Lawton.

– Ouais, dis-je, c’est nul.

– C’est nul, répéta-t-elle.

Ce fut là que Brady m’appela et, comme je ne savais plus que dire ou que faire, je m’en allai. Pendant le repas, je n’arrivai pas à croiser son regard, car je m’en voulais de ne pouvoir l’aider.

Et de connaître ses secrets.

On se retrouvait tous les deux sur la photo prise ce soir-là. En revoyant son visage de petite fille, je fus envahi de souvenirs. J’avais complètement oublié cette fille et ce qu’elle m’avait dit. Mais je me rappelais avoir remercié Dieu, à ce Noël-là, pour mes parents. Je me rendais compte de la chance que j'avais.

– C'était toi, lui dis-je, encore ému par la petite fille qu'elle avait été.

Elle avait partagé ses secrets avec un garçon débile qui n'avait rien fait pour la consoler.

Elle fronça les sourcils comme si elle ne voyait pas de quoi je parlais, jusqu'à ce qu'elle paraisse se souvenir.

– Oh, mon Dieu ! J'avais oublié… J'étais tellement bouleversée, cette nuit-là. Mais ce n'en était qu'une parmi tant d'autres.

Elle promena un doigt sur la photo, arriva sur mon visage.

– Tu étais la seule personne à qui j'aie jamais raconté ça. Et je regrette de ne pas en avoir parlé à d'autres gens. Ça aurait peut-être pu la sauver.

Je l'attirai contre moi. Je n'allais pas la laisser s'appesantir sur ses regrets.

– Tu n'étais qu'une enfant. On l'était tous les deux. On ne savait pas quoi faire. Tu aimais ton père. Ne t'en veux pas pour une chose sur laquelle tu n'avais aucun contrôle.

Elle reposa la tête sur mon épaule et sa main sur ma poitrine.

– Merci, murmura-t-elle.

Je l'embrassai sur le front.

– Je t'aime.

– Moi aussi je t'aime, répondit-elle.

On m'avait toujours dit que mon avenir résidait dans le football, que j'allais devenir un joueur adulé. Et c'était ce que je désirais. Jusqu'à ce que je rencontre quelqu'un qui avait besoin de moi. Et comprenne que la seule personne de qui je voulais être adoré, c'était elle.

REMERCIEMENTS

Depuis la fin de la série des *Vincent Boys* en 2012, j'avais envie de retrouver les vendredis soir du lycée, les matchs de football, les premières amours, les premiers chagrins. L'histoire de West et Maggie prenait forme dans ma tête depuis très longtemps. Je suis heureuse d'avoir eu la possibilité de l'écrire. J'en ai goûté chaque minute.

Un grand merci à mon éditrice, Sara Sargent. Elle a supporté ma véhémence tandis que je rédigeais cette histoire. Elle m'a écoutée et je suis persuadée que, grâce à son aide, ce livre est devenu aussi bon que possible. Je voudrais également mentionner Mara Anastas, Jodie Hockensmith, Carolyn Swerdloff, et toute l'équipe de Simon Pulse team, pour leur travail dans le but de sortir mon livre.

Merci à mon agent, Jane Dystel. Elle est toujours là pour moi quand j'ai du mal à progresser dans mon texte, quand je dois faire une pause ou simplement si j'ai besoin d'un conseil pour trouver un bon restaurant à New York. Je suis heureuse de pouvoir compter sur elle.

Quand j'ai commencé à écrire, je n'aurais jamais cru qu'un tel groupe de lecteurs s'assemblerait dans le seul but de me soutenir. L'armée d'Abbi, menée par Danielle Lagasse, m'honore et m'offre un refuge. Quand j'ai besoin de me changer les idées, ces dames sont là. Je vous aime toutes. À Natasha Tomic et Autumn Hull pour avoir lu les premiers jets de mes livres et m'avoir permis de les améliorer. Sans elles, je serais perdue. Je vous adore.

À Colleen Hoover et Jamie McGuire pour avoir toujours été là et m'avoir comprise comme personne d'autre. Elles connaissent toutes deux mes pires défauts et m'aiment encore. Elles m'acceptent et, dans ce monde, il est difficile de trouver quelqu'un à qui se fier.

Enfin et surtout : ma famille. Sans leur aide, je ne serais pas là. À mon mari, Keith, qui s'emploie à ce que je ne manque jamais de café. À mes trois enfants, si compréhensifs, bien qu'une fois sortie de ma caverne d'écriture, je leur accorde toute mon attention. À mes parents qui m'ont toujours soutenue, même quand je me suis lancée dans des sujets un peu chauds. À mes amis, qui ne me détestent pas quand je fais passer mon travail avant eux. Ils forment mon plus fort groupe de soutien, et je les aime beaucoup.

À mes lecteurs. Je n'aurais jamais cru en avoir autant. Merci de lire mes livres, de les aimer et d'en parler autour de vous. Sans vous, je ne serais pas là. C'est aussi simple que ça.

Composition et mise en pages
Nord Compo à Villeneuve-d'Ascq